JN057693

レ・ロマネスク
TOBI

七面鳥
山、父、子、山

リトル
モア

七面鳥　山、父、子、山

レ・ロマネスクＴＯＢＩ

目次

装幀　有山達也、中本ちはる
装画　ワタナベケンイチ

フミャアキみたいな存在、すべてに

四歳

8

雨をよけるワイパーのギュッギュッという音で目を覚ますと、ぼくは助手席で横になっていた。

いつの間にか寝てしまっていたらしい。

座席はリクライニングしないが、ドアを頭にすると運転席に向けて十分脚を伸ばして寝られるほど横幅が広い。

8トラのカーオーディオで、敏いとうとハッピー&ブルーの「わたし祈ってます」が再生されている。甘ったるい歌声に合わせて、無線のマイクを片手に、フミャアキが熱唱している。

〽身体（からだ）に充分　注意をするのよ
お酒もちょっぴり　ひかえめにして
あなたは男でしょう
強く生きなきゃだめなの

ぼくは仰向けのまま、高音が裏返る歌声を黙って聞いた。天井と扉には、毛足の長い赤いカーペットが貼ってあり、ヤニで茶色く変色している。床にも同じじゅうたんが敷きつめてあるが、タバコの灰が落ちて焦げた跡が何カ所もある。靴底を拭く雑巾のバケツの下は、くっきりと丸く汚れている。

運転席と助手席のあいだのもう一席には、靴や灰皿を置くために、金色のラメのプラスチック板がテーブルのように渡してある。キャビンに土足で上がるのは固く禁じられているから、ぼくは水色の長靴をそのテーブルに置いて、足元は白い靴下になっている。

フミャアキの足を見ると、クラッチとアクセルに載せた両足ともに裸足だ。ストッキング地の黒い靴下が一足、ハンガーに洗濯バサミではさんで、バックミラーにかけてあった。

トラックは島根と広島の県境を越え、スギの植林地に差しかかる。

「安全」と「第一」のあいだに緑十字が描かれた看板の重機置場が見える。若い苗木を植えるために伐採したブナの巨木を、一本ずつワイヤーで吊って積み重ねている作業員の紺色の合羽が、雨で体にひっついている。

まもなくうちに着く。

ぼくが起きたのに気がついて、こっちを見ないでフミャアキが言う。

「おそよう」

父の吐く息は、マクラ代わりにしていた座布団に染み付いたセブンスターの匂いがした。

トラックは左にウインカーを出す。

＊

右の反対車線に大きくはみ出してから、ハンドルの中心に置いた手を左に急回転させて、鋭角なカーブを器用に曲がり、脇道に入っていく。

茶色く濁った川を渡り、水たまりの町営グラウンドを右に見て直進すると、芸備線の無人駅が見えてくる。駅の手前には、三階建てくらいの高さのウッドチップ工場があり、貨物の線路が工場内まで引き込まれている。

このどしゃ降りで、鶴田チップも早じまいらしい。おそろいのベージュの制服を着たおばちゃんたちが軒下から空を見上げながら、濡れて掃きやすくなったおがくずを集めている。

踏切を渡って駅の正面側に出て右折すると、旧国道の両脇に、こぢんまりとした商店が数軒立ち並んでいる。「キャンプ場左折　９００Ｍ」の看板を越えると、濃いグレーの雨の中に、蛍光灯で光る円柱形のサインポールが見える。

理容室ゆりだ。

赤・白・青のストライプ模様が回転しながら上がっていく看板に横付けするように、トラックが停まる。ぼくたち家族は、ゆりの二階を間借りしていた。

ぼくは、じゅうたんを汚さないように水色の長靴を履き、キャビンから道路に向かって、傘をささずに飛び降りた。

店の前に溜まった雨水を長靴で蹴散らしてゆりに入る。閉め切った店内には、ブラバスの男性用ヘアトニックの匂いが充満している。

「ただいま」

店主の中村ゆり子さんにあいさつをすると、左の引き戸を開けた。引き戸の向こうは二階への階段だ。道路から直接階段に入るドアのカギを持っていないから、いつもぼくは店を経由する。客も事情を知っている地元の人ばかりで驚かない。

フミャアキはぼくを降ろすと、三軒先のスナックわき見の前のT字路でトラックをUターンさせた。ゆりの前を再び通り過ぎ、キャンプ場の看板を曲がって、裏山へとトラックを走らせる。

トラックといっても普通のトラックではない。

外装も内装も派手なデコレーショントラック、略してデコトラだ。せまい旧国道には、巨大な装飾を付けたデコトラを置ける場所はない。フミャアキは、キャンプ場の駐車場にデコトラを駐めている。

ぼくは階段を照らす裸電球のスイッチを入れた。二階で電話が鳴っているのが聞こえ、長靴を脱いでかけのぼる。つま先の濡れた白い靴下を脱ぎながら、黒い受話器を取る。

「おお坊主か。ワイや。オーシャンや」

聞き慣れたしゃがれ声だ。

フミャアキのデコトラ仲間の大嶋さんは、わが家では「エサ屋のオーシャン」と呼ばれている。

エサ屋は養殖ハマチのエサを運んでいるからだけども、オーシャンは海のＯｃｅａｎから来ているのではない。仲間内でのあだ名「おおちゃん」を、一歳の頃のぼくが発音できず、オーシャンと呼んだのがきっかけだ。

いかつい顔つきなので、オーシャンなんて爽やかなあだ名を嫌がっているかと思いきや、電話で自分から名乗るくらいだから、案外気に入っているみたいだ。

「おう、フミャアキちゃんは？」

「トラックを駐めに行ったところ」

「チャコさんは？」

「留守みたい。たぶん買い物」

「坊主、ひとりで留守番か、偉いなあ」

「いや、いま帰ってきたところ」

「後ろ見てみい、お化けがおるで。はっはっはっ、冗談や」

オーシャンは、大人にも子供にも同じように接する人で、表裏のないところが好かれている。ぼくはその距離感の近さが怖くて、しゃべるときに緊張して口ごもってしまうことが何度もあった。

「わあー、濡れた濡れたー、バチクソ濡れたー」

フミャアキがそう言いながら階段を上がってくる。また傘をささずに、キャンプ場からの山の近道をかけおりてきたのだろう。その歩行者用の山道はちょうど、ゆりの裏に出る。暗い洗面所で、雨のしずくをタオルで拭き取りながら、フミャアキが聞く。

「誰から？」

「オーシャンから」

ぼくはフミャアキに受話器を渡す。

フミャアキの真っ赤なタオルにはCの文字が白く抜かれていた。

「は、は、はい……ど、どちらさまでしょうか？」

フミャアキは、わざとおびえた女性のような声色で電話に出た。

「フミャアキちゃん！　はっはっはっ」

オーシャンの笑い声が、受話器越しにも大きく聞こえる。

文明、と書いて、ふみあき。みんなは父のことをフミャアキと愛称で呼ぶ。

＊

翌日、ぼくが保育園から集団で降園してくると、ゆりの前に派手なトラックが停まっていた。紫色の電球で囲まれた「波瀾万丈」の文字が、おでこ部分で光っている。見慣れたオーシャンのデコトラだ。四歳で波瀾万丈の漢字が読めるのは、保育園でぼくだけだろう。

友だちにあいさつして道路を横断する。トラックの後ろに回ると、コンテナのドアに「男の大嶋水産」と書いてある。

ゆり子さんが、通行人に気をつかいながら、小声で迷惑そうに尋ねた。

「これって会社名ですか？」

「アホか。個人所有の白ナンバーで○○水産と書いてあるの、あれ、みんな水産業者への義理やで。ワイは野菜など運びませんからもっと仕事くれ、いう意味や、はっはっはっ」

徳島なまりのある大阪弁なのか、大阪なまりのある徳島弁なのか、オーシャンは独特な変なイントネーションでしゃべる。ワイという一人称を使う人を、ぼくは他に知らない。

「おう、坊主、おかえり」

オーシャンは、ゆりのウインドウのポスター「男のアイパーマ」の左下の男にそっくりだ。顔面は凸凹があって夏みかんの表面みたいである。

「今日も保育園か、ご苦労さん」

オーシャンは慣れたようすで、ゆりの店内に入った。

ゆり子さんが、オーシャンにではなく階段の上に向かって言う。

「通行の邪魔になるけ、早(はよ)う動かしてねー」

フミャアキが階段を転げるように降りてきて、

「すぐにあと一台来ますけ、すぐに出しますけ」

それだけ言ってまた階段をかけのぼっていった。

フミャアキは、みんなから「フミャアキちゃん」と呼ばれて親しまれているけれど、デコトラ仲間は全員、フミャアキよりも年下だ。付き合いが一番長いオーシャンでも、二十七歳。フミャアキは、たぶん三十七歳だ。たぶんというのは、年齢を聞いても「今年で十八歳になりました」などとふざけた答えしか返してくれないからだ。

フミャアキは、ギョロッとした目つきでひょろっとやせていて、なで肩で、髪の量が多くてボサボサの頭をしていたから、若く見られがちだ。たまに浪人生に間違えられて喜んでいる。

視力が良すぎて疲れると言って、普段から視力を下げる黒縁メガネをかけているのを、オーシャンからは「老眼やろ」とからかわれている。

「デコトラって、何を運んどるん？」

ぼくは階段の下で靴を脱ぎながら、オーシャンに聞いてみる。

「海のデコトラは魚、山のデコトラは野菜」

チャコさんがよく言う「朝のリンゴは金、昼のリンゴは銀」みたいに、オーシャンは答えた。

「ワイは小魚の冷凍ブロックを運んどるし、ヒラちゃんは白菜を運んどるんや」

ヒラちゃんというのは、これから来る、もう一人のデコトラ仲間だ。

デコトラは日本中でブームになりつつある。この広島県最北東の町でも、ウッドチップやオガ炭を運ぶ業者にデコトラが増えてきている。

「うちのデコトラは何を運んどるん？」

「フミャアキちゃんのデコトラには、水槽が付いとるんや。観賞用のコイを運んだり、川釣りの解禁直前に、養殖魚を放流するんや。天然のアユや、と家族連れが喜んで釣り上げよるわ」

「それ、天然なん？」

「一日でもアユはその川で暮らしたやろ、天然や。傷つく心配もないし、ええこっちゃ」

オーシャンは、ぼくの耳に口を寄せて言った。

「放流するところは、誰にも見られたらあかんらしい」

ヒソヒソ話をしていると、

「来た来た来たー！」

とフミャアキがポロシャツのすそをズボンの中に押し込みながら、一段飛ばしで降りてきた。八代亜紀の歌声が遠くからだんだん近づいてくるのが聞こえる。

「ヒラちゃんだ！」

ぼくとオーシャンは一度脱ぎかけた靴をまた履いて、フミャアキを追うように外に出る。八代亜紀の熱烈な追っかけの平田さんが、スピーカーから大音量で新曲を流しながら走ってくる。T字路の曲がり角から徐々にトラックの全貌が現れると、歌声は一段と大きくなる。助手席のけいくんが、金色の腕時計を光らせて笑顔で手を振っている。

「坊主は、ヒラちゃんのに乗してもらい」

オーシャンに言われるままに、頭が割れるほどの大音量を放つ八代亜紀号に近づくと、ヒラちゃんが運転席のドアを開けて、抱きかかえてキャビンに上げてくれる。ヒラちゃんの膝に座って見回すと、壁や天井に雑誌の切り抜きが重なり合って貼られている。

オーシャンの助手席のフミャアキが、運転席側の窓を全開にさせてこっちに向かって大声で言う。

「ヒラちゃん、とにかく、輝く銀歯を見てくれや」

二台のデコトラは、連なってキャンプ場に向かう。

ヒラちゃんは、オーシャンの運送会社勤務時代の後輩らしい。時代劇でいうと岡っ引きにいそうな顔立ちだ。角刈りで、まゆ毛の一本一本が長く、右と左のまゆがつながっている。真っ黒に日焼けしているが、顔色は青みがかっていて、唇は薄い。ヒゲが濃くて剃りにくいのか、カミソリ負けの跡がアゴの下にも口の周りにもいたるところにある。

北九州の工業高校の電気科卒で、電球やネオン管や音響の配線が得意だ。デコトラのパーツ交換や修理は手慣れている。

口数が少なく、あまり自分の話をしない。独身で、福山に一人で暮らしていることしか知らなかった。けいくんと呼ばれる小太りの友人を乗せてよく遊びに来る。

けいくんはヒラちゃんと違って、おしゃべりで色白でふくよかで福耳で肌ツヤがよくて、大黒様のイラストみたいだ。中国の豚の置物とも言える。

「俺は会社勤めじゃけ、大好きなデコトラを運転できん。じゃけ改造を手伝ったり、資金を補助したりするんよ。ヒラちゃんのトラックの改造費は、俺が全額工面しとるんよ」

けいくんは酔うと、恩着せがましく言う。ヒラちゃんはそれをニコニコして聞いている。

「亜紀様の新曲が出るたびにペイントを塗り直さにゃいけんけえのう。金がいくらあっても足りん」

二人は八代亜紀のファンクラブを通じて、最初はペンフレンドとして知り合ったらしい。いつも亜紀様の素晴らしさを熱く語り合っている。昨夜は亜紀様が生放送の歌番組に出演したらしく、「バスガイドの頃からマイクを持って人前で歌ってきた経験が生きとったで」と教えてくれた。

キャンプ場に着くと、オーシャンのトラックが停まり終わらないうちにフミャアキは飛び降り、「短冊にラメを入れたんじゃ」と定位置に駐まった自分のトラックにかけていった。

フミャアキのデコトラは、三菱ふそうの中型四トンを改装したもので、全体は紫にペイントされ、オレンジと緑の電球でふち取られている。キャビンの左右に取り付けられたハシゴは、赤と黄色の電球でびっしり覆われている。手足を置くスペースがないため、ハシゴの役割を果たしていない。

勘亭流の書体で、「眠狂四郎／円月殺法」と「商売繁盛」と書かれたガラス板が、フロントガラスの両脇にかかげられていて、夜走るとまぶしく輝く。

水槽コンテナの左右には花札の図柄が描かれている。正面から見て左には、松・梅・桜の短冊札（赤短の役札）が、右には菊・牡丹・紅葉の短冊札（青短の役札）が描かれている。

「短冊の部分だけにラメを入れたのがオシャレじゃろ」

フミャアキの自慢通り、その六枚の短冊にラメが入っていて、夕日を反射してキラキラと輝いている。

フミャアキはみんなをコンテナの後ろに集合させた。

「ここをよう見てくれ。今回の苦心作、輝く銀歯じゃ！」

いつもと変わらない昇り竜のイラストの、牙の部分だけにラメが入っている。

「はっはっはっ、昇り竜が銀歯しとるんけ？」

オーシャンが大声で笑い、つられてみんなも声を出して笑った。

隣りに駐まったオーシャンの波瀾万丈号も、元はフミャアキと同じ三菱ふそうの中型で、外装は濃いブルーで統一され、コンテナ側面にそれぞれ風神と雷神が描かれている。後ろの「男の大嶋水産」の文字は立体に見えるレタリングで、ラメだけではなくキラキラした石で周りがデコレーションされている。

ヒラちゃんの八代亜紀号は、一回り小さい二トントラックで、コンテナの左にも右にも上にも似顔絵がペイントしてある。後ろの扉には、新曲のレコードジャケットが描いてある。

三台が並ぶと、オフシーズンの無人の駐車場が、まるで竜宮城のように豪華絢爛になった。

オーシャンとヒラちゃんは長距離を運転することもあるため、車中泊ができるように工夫している。

波瀾万丈号の運転席の天板を開けると、上はベッドルームだ。水着の女性が浜辺でビールを持っているポスターが何枚も貼ってある。何度かその部屋で寝させてもらったが、昼間暑いのと天井の雨音がうるさい以外は、快適だった。

八代亜紀号のキャビンには、座席の後ろに細長い小部屋がある。布団が一組敷いてあり、ポータブルのレコードプレイヤーがある。ぼくの家にはレコード機器がないから、雑誌の付録についていたザ・ドリフターズのソノシートを、そこでくり返し聴いた。

フミャアキは日帰りの短・中距離が多いので、トラック内に本格的に寝る設備はない。それでもキャビンのガラス部分をベロアの遮光カーテンでふさぐと真っ暗になる。金色のテーブルは取り外せるので、運転席から助手席まで足を伸ばして仮眠することができる。

「さあ早う、早う」

昇り竜の銀歯を見せ終わると、フミャアキが急かし始めた。

高い山に囲まれた町の日暮れは早い。梅雨入り前の六月上旬の太陽が、町をはさんで反対側の西の山ぎわを朱色に照らしている。

植林されたスギの若木のあいだから、鶴田チップ工場が見おろせた。重機で三階の高さまで運ばれた木材が切削機に入っていくそばからウッドチップになって吹き出し、大型トラックの上の開いたコンテナに溜まっていく。

町のいたるところにトラックの荷台からこぼれた正方形の小片が落ちていて、道路の端っこは、マツやスギやヒノキの匂いが漂っている。

「さあ、早う」

フミャアキが先導して、ゆりの後ろに下りる近道を行く。細くて急勾配だが、丸太の段が作られていてすべりにくくなっている。行き先はいつも通り、スナックわき見である。

「わき見じゃと」

「一番わしらがやっちゃいけん行為よ」

「免停になるよ」

「わき見はダメじゃろ」

「ダメ」

「わき見って！」

「いや、ダメじゃろ、わき見」

山道を下りながら、四人の大人とぼくは声を出して笑い合った。

わき見は、ゆりから三軒ほど南の、駅と反対に進んだT字路にある。

わき見ママは背が高く、パーマと脱色をくり返したせいでキューティクルのない髪を後ろにたばねていて、声がハスキーで歌がうまい。目とまゆ毛が同じ細さで、つり上がっている。

近づくと、個別包装のレモンティー飴のような匂いがする。

セブンスターとは違う、ハッカみたいな匂いの細いタバコを、半分も吸わないうちに消す。

店は暗くて厚化粧なので顔の美醜はよくわからないが、昼間に会うとまったく別人のようで、肌の青白さとまゆ毛がないことに驚かされる。歯がヤニで茶色く変色していて、時代劇にお歯黒をした公家が出てくると、わき見ママを思い出した。

開店と同時に入店する。

「ぼうやは、いつもの席」

ママはイントネーションがいかにも東京帰りの、なまりのない言葉をボソボソしゃべる。

言われた通りに、ぼくは一番奥の壁ぎわのカウンター席に座った。

残りの大人が横並びに座ると、カウンターは満席だ。店内はせまく、カウンター五席と、壁にすえ付けたソファーのところに小さなテーブルが二つしかない。

「この前、国道2号が事故で四時間渋滞して、ションベンが我慢できんようになったんよ」

「いやだ、フミャアキちゃん」

ママは笑って水割りを作りながら、フミャアキとオーシャンの会話に耳をそばだてる。

「わかる、ワイもようあるわ！」

「山道なら、そのへんに停めて、いくらでも立ちションベンできるけど、2号線は難しい」

「信号待ちのときにタイヤに引っかけりゃ、ええやん?」

「そう思って何回か降りてみたけど、人の目が気になって、できんかった」

「で、どしたん?」

「次のドライブインまでは、もたんと思ったけ、ズボンを脱いでワンカップ大関の空き瓶を手に持ってし始めたんよ」

「こぼれるやろ!」

「我慢しとった分、勢いがあるけ、きれいに入っていったよ。問題はそのあとよ」

「どうしたん?」

「おしっこの量よ。ワンカップなんかに入りきらん」

「はっはっはっ」

「カーペットが汚れると思ったけ、とっさに脱いだズボンとパンツで受けとめたら、そこにどんどんあふれてきて」

「きたないなぁ!」

「あとで洗えばええと思うたんじゃ。けど、途中でどこにも降りられん」

「ズボンがションベンまみれやけんなぁ」

「それ穿いて外に行くわけにいかんし。下半身丸出しのまま、ションベンがなみなみ入ったワンカップを片手に、ずっと運転したんよ」

「ワハハハ！」

「笑いごとじゃないで」

「ワイは、二リットルの水筒を積んどるで」

「なんのために」

「そこにションベンするんや。あとで海や川や田んぼを通りかかったときに、じゃーっと窓から捨てるんや」

「きたないのう！」

「わははははは」

ぼくも含めて、みんな涙を流しながら笑い合った。

夜が更けて知らない客が増えてくると、ぼくは自主的にソファー席の端っこに移動する。壁にもたれると、フミャアキとママの会話が遠くに聞こえる。

「ごつい顔つきで硬派なのが日野のトラック。軟派で女にモテようとしとるのがふそうのトラックよ」

「モテようとしてる、トラックが？」

「しとるんよ。たとえれば、高倉健は、日野。菅原文太は、ふそう」

「本当?」

「しかも、わしのデコトラには、ネオンまでくくり付けとるけ、夜の高速でバチクソ目立つんじゃ」

「へぇそう」

わき見ママは、いかにも初めて聞くような顔でうなずいている。フミャアキはうれしそうだ。けいくんが言う。

「トラック運転手は太った大柄の女が好きじゃけ、ね、フミャアキちゃん」

「そうじゃの、わしも一度でいいけ、丸い女を抱きたい」

それを聞いてママがとがめる。

「八歳も年下の奥さんもらっといて、何言ってるの」

「乗っとるトラックの大きさと、好みの女性の大きさは重なるけ」

「じゃあ、軽に乗ってる人は小柄な女性がタイプってこと?」

「そういうことよ。わしもチャコさんのことは愛しとるけど、体重が一〇〇キロある女を一回抱いてみたい」

聞いてはいけない話だとぼんやり感じながら、ぼくは目を閉じる。明日も保育園があるから早く寝なくては。

「フミャアキちゃん、あの、断崖から落ちて炎をよけながら川に飛び込んだ話ししてや」

ヒートアップしたオーシャンの声が遠のいていく。

寝返りを打って目を覚ますと、カウンターに知らないお客さんが一人伏せて寝ていた。店内に時計はない。十二時を過ぎたあたりだろう。

デコトラチームはテーブルに移ってきていて、おとなしいヒラちゃんが珍しく酔ってしゃべっている。けいくんはその横で口を開けて寝ている。

「音がうるさい、迷惑じゃと農家にえらい怒られたんよ。すみません、とあやまっとるうちに、人の作ったものを運ぶばかりじゃつまらんと虚しくなってしもてね。けいくんとラーメン屋でも始めんかと話しとる」

ぼくは驚いて「えっ、ラーメン屋!?」と起き上がって聞く。誰も何も答えないので、またソファーに転がって、片目を閉じて寝たふりをする。

フミャアキは、下を向いたまま神妙な顔でウィスキーの水割りをちびちび飲みながら、「人の作ったものを運ぶだけ」とヒラちゃんの言葉をくり返した。オーシャンは半目を開けていたが、話を聞いてないようすだ。

わき見ママが、静かにテーブルを離れ、カウンターの向こうからこっちを見て「お会計?」と口だけ動かす。フミャアキはうなずき、一円単位の割り勘でお会計をする。

店を出ると、ぼくら父子以外の三人は、懐中電灯で照らしながら山道を上がっていく。オーシャンは浜辺の水着美女の待つ屋根裏部屋へ。ヒラちゃんとけいくんは亜紀様の待つベッドルームへ。ぼくとフミャアキは、チャコさんの待つ理容室ゆりの二階へ。

翌朝フミャアキは、ぼくをデコトラで保育園に送っていくと、そのまま三台連なって中国自動車道方面に南下していった。

兵庫県で日本海に行くオーシャンと別れて、ひとりで琵琶湖に向かうという。まもなくこのあたりでもアユ釣りが解禁されるので、琵琶湖の養殖アユを運んできて放流するためだ。

それが、ぼくがフミャアキのデコトラを見た最後の日となった。

＊

その後二日間フミャアキの行方がわからなくなった。

朝帰りはあっても二泊も無断で外泊することはなかったので、チャコさんはまずオーシャンに連絡した。すぐに折り返しの電話があり、無線で連絡が取れたらしい。

「心配かけてすまん、すぐ帰る、事情はあとで説明する、やて」

その伝言通り、ぼくが保育園から帰ると、フミャアキは家に帰ってきていた。

「なんか、上、もめとるみたい」

ゆり子さんが天井を指差しながら言う。

ぼくは雨のしずくをていねいに払ってから黄色い傘を閉じ、階段の下の傘立てに差す。二階からフミャアキの虚勢をはった声が聞こえる。

「おう、帰ったか。大事な話があるけ、手洗ってこっち来い」

緊張しながら険悪なムードの二人のあいだに立つと、フミャアキはぼくをあぐらの膝の上に座らせて言った。

「あのな、トラックを売ってきた」

「売ってきた？」

体をよじったが、フミャアキの顔が見えない。

「運転手もやめた」

「やめた？」

「いろいろあって、生ものを扱う仕事はやめた。これからは、乾きものを売る」

「乾きもの？」

「乾きもの屋を開業することにした」

間があって、チャコさんはかすれた低い声で言った。

「……お店をやるん？」

「そう」

チャコさんのまゆが、カタカナのルの形になっている。

「昨日水槽で死んだアユを見て、心を決めたんよ。生ものを扱う仕事はやめようって」

「ふーん……」

「これからは、乾きものじゃ」

チャコさんは腑に落ちていないようすだ。

「店をやるって、どこで？」

「そこの金物屋のあとがちょうど空いとるけ、大家に手付金を払うてきた」

「えっ、もう手付金を払った？」

右斜め前の金物屋さんは、半年前に店を畳んで夫婦で転居して空家になっていた。

チャコさんは透き通るような白い頬を紅潮させている。

「お金はどうしたん？」

「トラック売った金よ。活魚車はわりと高く売れるけ」

「じゃあ、もうお金は手元に残っとらんの？」

「そうじゃの」

「……」

チャコさんとぼくは二人で見つめ合ったまま、長いあいだ黙り込んだ。

「残りのお金はどうするん?」

「オープンしてからで、ええそうじゃ」

「この家は?」

「引っ越すんよ」

その元・金物屋は、店舗の奥に二階建ての家が付いている。

「ひと部屋を間借りしとるのに?」

困惑するチャコさんを横目に、フミャアキは、ぼくを膝から下ろして立ち上がる。

水玉模様の花のシールが貼ってある冷蔵庫から、卵と納豆を取り出し、醬油と砂糖を入れて混ぜながら、店で何を売るかをチラシの裏に書き出していく。

「えー、乾いたもの、乾いたもの……。つまみは、さきいか、スルメ、ピーナッツ。出汁は、かつお節、こんぶ、いりこ、しいたけ」

フミャアキは鼻の穴をふくらませてリストを作っていく。チャコさんとぼくは、新生活を始める物件を見学に行くことにした。

店舗部分が平屋で、住宅部分が二階建ての、ボロい木造の一軒家だ。

四枚の大きなガラス扉が引き戸になっていて、こげ茶色の木の枠が付いている。二人並んでガラスに顔をくっつけ、中のようすをのぞいてみる。濃い灰色の土間、ほこりをかぶった蛍光灯の笠。壁には棚を外した跡が残っている。店の奥で靴を脱いで、一段上がった住居部分に入っていくようだ。

ここで新生活が始まるのか。

チャコさんが手をかけて戸を引くとカギはかかっておらず、力を入れると溝に沿ってゆっくりと開いた。

おそるおそる二人で中に入ってみる。がらんどうの店内はうす暗く、だだっ広い。無人の時間を重ねた土間は、ぼくらを拒絶するように、ひんやりと湿っている。

不安を感じるぼくの手を、チャコさんがぎゅっと握る。チャコさんは、半年後に出産予定で、おなかがふくらんできていた。

「人は死ぬとき、走馬灯というのが見えるんじゃって」

チャコさんは奥の暗闇をじっと見つめている。

「走馬灯には、一生の思い出が描かれるらしい。わたしの走馬灯には、これから店を始めることも、この家に引っ越してくることも、これから出産することも描かれると思う」

そこまで言うとチャコさんは急に明るい顔になって、靴を脱いでズカズカと無人の家に上がり込んでいった。

家に上がるとまず何もない板の間があり、そのつき当たりに曇りガラスの格子戸がある。格子戸の左を開けるとトイレと小さな洗面台、右を開けるとせまい板の間と二階へ上がる階段だ。トイレは汲み取り式の和式便座の横に仕切りがあって、男性用小便器がある。階段をくぐるようにして、板の間を左奥に進むと、そこが台所だ。台所を抜けると、さらに先に風呂場がある。

「これ何?」

「五右衛門風呂よ」

「どうやって入るん?」

「水に浮いた板を足で沈めて入るんよ」

台所の流し台の反対の壁は四角く切り抜かれていて居間が見える。料理を出すときに使っていたのか。階段のある板の間に戻って奥の戸を開けると、その居間に出る。中央に大きなやぐらが組んである。

「これ何?」

「掘りごたつよ」

「夏はどうするん?」

「テーブルとして使うんかねえ」

異様な大きさだった。四畳半の部屋の八割くらいをこたつが占めている。

右のふすまを開けると六畳の和室があり、居間と和室は、廊下をはさんでせまい庭に面していて、何一つ草木が植えられていない茶色い地面が一段のブロックで囲まれていた。向こうに線路が見える。さえぎるものがないので、遠くの町営グラウンドまで見通せる。出っ張った風呂場の裏には庭はなく、鍛冶屋のおじいさんがひとり暮らしする一軒家が、接するように建っている。

板の間に戻って、ねじれた急階段をのぼる。二階はもわっとした生ぬるい空気がたまっていた。のぼりきるとトイレの正面に出る。その左手に物置、右手に和室と独房のような小部屋が何室かある。和室をぐるりと囲んだ廊下の窓を開けると、隣家の屋根の向こうに、鶴田チップの高い吹き出し口が見える。スギのおがくずの匂いがした。

外からは大きく見えたけど、コンパクトな一軒家だ。

新居の点検を終えるとチャコさんは町立図書館に向かう。片っ端から「乾きもの」に関する本を借りる。

「乾きものって何?」

ぼくはチャコさんに聞く。チャコさんは、もう本に夢中で、

「ここは、北に行けば日本海じゃし、南に行けば瀬戸内海じゃし、どっちにもアクセスできるけ、乾燥した魚介類は入手しやすいね。中国山地を横に移動すれば、しいたけとかキクラゲとか乾燥牛肉とか、陸の乾きものの生産者にもアプローチできるね」

次元の違う返答で、実態がつかめない。

ゆりの二階に住みつつ開店準備を進めることになり、引っ越しは店舗がオープンしてからになった。

フミャアキは、オーシャンやヒラちゃんはじめ、各地を飛び回る運転手の知り合いに乾物屋を開業することを伝え、彼らのトラックに便乗して乾物行脚を始めた。かつお節、ちりめんじゃこ、茶葉、海苔などの生産者を訪れて、商品を味見して回る。

チャコさんは乾物事典で、乾物の使い方や保存法について調べ、出汁の研究から手をつけた。かつお・いりこ・昆布・しいたけ……を、水で戻すかお湯で戻すかによって、出てくる味にどんな違いがあるか、どんな料理に合うか。チャコさんは元々のめり込みやすい性質(たち)だ。

煮卵を作るにも、殻ごと出汁に入れて煮る方法と、一度茹でて殻をむいて、出汁で煮る方法をていねいに試していく。殻ありかつお、殻むきかつお、殻ありいりこ、殻むきいりこ……一つ一つ味わってはメモしている。

ゆりの二階には、うっすら味と色の付いたお湯を入れた容器が何種類も並んだ。

天然素材で出汁を取った料理を食べているという噂が、保育園にも伝わり、先生たちにうらやましがられた。ぼくはうれしくない。ケチャップ味や、マヨネーズ味が好きだ。

フミャアキがいろいろな地方で入手した乾物をチャコさんが食べ比べをした。

「板のりはどこのが一番おいしかった？　青のりは？」

フミャアキが聞く。

「板のりは佐賀。青のりは高知、四万十川のがおいしい。ちょっと高いけどな」

チャコさんが答える。

「へえ、じゃあそれにしよう。カンピョウは？」

「栃木」

「よし、決定」

こうして店に置く商品が決まってきた頃、新店舗にガラス張りのショーケースが届き、試しにいくつか商品を並べてみることになった。

おうど色や茶色ばかりで、ポップな色使いの商品が一つもない。枯れているというか、覇気がないというか、干からびている。保育園では「おみせやさん」ごっこが流行っているのに。この店は十二色のクレヨンや折り紙で表現できない。

フミャアキもチャコさんも、店内をカラフルにし始めた。床をオレンジ色で塗り固め、日よけに黄緑色のテントを軒に取り付ける。ミカン農家みたいな色合いの店になった。酒のつまみを小分けにした透明な袋には、「味、抜群!」と書いた紅白の紙をホッチキスで留めることになった。

店内に飾る熊手は、フミャアキが他のどの店よりもゴテゴテした装飾の派手なものを選んできたし、それを置く神棚は、七色に光るラメのシールを貼って輝かせた。

周りの商店の日よけのテントを見ると、「岩下文具店」「川口玩具店」「藤田石材店」と、名字と店のあいだに、売っているものの名前が書いてあるが、うちはテントに「石飛文明商店」と書いてある。文明を売る店?

「ねえ何屋さん? うちは何屋さん?」

フミャアキにしつこく聞くと、

「今日売れなくても明日売れればいいものを売る店だ」

面倒臭そうに教えてくれた。

「え、今日売れなくても明日売れればいいもの屋?」

フミャアキが、心ここにあらずなのは、ぼくのせいではなかった。

今年、広島東洋カープが、誕生以来初めてリーグ優勝しそうなのである。苦節二十六年、万年最下位だった球団が、もしかして優勝するかもしれないという話が急浮上したのは八月中旬である。

フミャアキは中学を出て広島市内の運送会社に勤務し始めたときから、広島市民球場に通い詰めている。人生と重ね合わせて、どんなに辛くても、いつか実を結ぶ日を信じて応援し続けてきたのだ。

「カープのことを考える時間が一日に六時間くらいあるけ、わしの体の四分の一は、カープでできとる」

これが口癖だった。

九月に入ってもカープの好調は続き、テレビのローカルニュースはカープ一色になった。試合中継があるときに町を出歩く人はいない。行き交うのは大阪ナンバーや兵庫ナンバーのトラックだけだ。

オイルショックによる省エネ対策でナイターが減り、平日の昼間にも試合があったが、そうなると鶴田チップや、周りのオガ炭工場からもまったく音がしない。みんな手を止めてテレビの前に集まる。町じゅうの音が消える。

それぞれ別の場所で、同じテレビを見ながら声を上げているという不思議な一体感があった。

うちにはテレビがなかったから、わき見か一階のゆりで見た。わき見のお客さんも、ゆりのお客さんも、老若男女全員、赤ヘルのことしか話さない。世界にカープファン以外の人類は存在しないように思えた。

東京の広告代理店で働いている一番下の弟のオサムから別の用で電話があったときも、フミャアキは当然のようにカープの話をしたが、

「裏切り者！　おまえを一生許さん！」

と、顔を真っ赤にして電話をきってしまった。オサムがだいぶ前から巨人ファンだと告白したのだ。

フミャアキは自家用車を持っていないので、幼なじみの「きこりの上ちゃん」こと上田さんの車で、試合があるときは市民球場に出かけた。九月には中日戦の最中にグラウンドに乱入して、星野仙一選手に「頼むから負けてくれ」と頼んで、試合が中止になった。

十月になると優勝が確実になり、町では「カープがいつ優勝するのか」以外の話題はタブーとなった。

フミャアキが、リーグ優勝するなら、何がなんでも開業日をそろえたいと言いだした。

「さすがに優勝の瞬間に、店をオープンさせるファンはおらんじゃろ」

保健所に届け出た。深緑色の手提げ金庫も買った。スタンプも作ったし、スタンプ台も買っ

た。電話の横にメモ用のミニ黒板とチョークも買った。ＯＰＰ袋を熱で圧着して口を閉じるシーラーも買った。いつでも開店できる。

「あとはリーグ優勝を待つだけじゃ」

あと二勝で優勝というところまでくると、商品を本格的に仕入れて、ショーケースに並べた。

「これで優勝が決まった瞬間に開業できる」

腐るものではないので、早めに仕入れができる点では、都合がよい。チャコさんの手書きで「カープ優勝の瞬間にオープン！」と書いた紙を、表のガラスに貼った。

ついに十月十五日、これに勝利すれば優勝が確定するという巨人戦が、午後二時に後楽園球場で始まった。保育園でも、先生も園児も朝からその話で持ちきりだ。

昼寝から目が覚めると、どこかから「かっ飛ばせー」の声援が聞こえる。試合が始まった。

三時半のおやつを食べているときも歓声が聞こえていた。園児も一様にソワソワしていて、降園もみんな早足だ。

近隣の民家から「うぉー」「うぉー」と泣き叫ぶような断続的な雄叫びが聞こえてきた。

とうとう悲願のリーグ優勝を果たしたのだ。

わき見のT字路を左に曲がると、店の前に黒山の人だかりが見える。ぼくは昼寝のおねしょで汚れたズボンとパンツを、ゆりの二階にいったん置いてから見に行くことにした。

ゆりの入口には臨時休業の貼り紙がしてある。

中をのぞくと、ゆり子さんがハンカチを片手にテレビを見ていて、古葉監督が胴上げされているようすが映し出されている。ドアをノックすると「勝ったよー」と鼻をすすりながら開けてくれる。

テレビの前に戻っていくゆり子さんの背中に「よかったね」と声をかけ、ぼくは二階にかけ上がる。

おしっこ臭いパンツを洗面台に放り込むと、急いで新しい店舗に行く。遠くから「初優勝記念・全商品一〇円!」の貼り紙が見える。

殺気だった人の波が寄せたり返したりしていて、なかなか中に入れない。

カープ優勝を喜ぶ客たちがお祭り気分で大騒ぎする中、チャコさんは黙々と会計をこなしており、フミャアキは黙々と商品を補充している。

「おめでとう!」「おめでとう!」「おめでとう!」

優勝の祝杯をあげるために酒のつまみが売れ、かつお節やスルメなど高価なものが売れる。ショーケースはガラガラになり始めていた。予備で仕入れてあった、新発売のチョコレート菓子「きのこの山」の山が、みるみる間に低くなっていく。

「ただいま」

二人に話しかけるが返事がない。電話のベルが、けたたましく鳴り続けている。それさえ聞こえていないようすだ。

「カープ優勝の瞬間にオープン！」の紙は床に落ち、客に踏まれてビリビリに破れている。

チャコさんの目は笑っておらず、待ちに待ったオープンを喜んでいるようには見えない。店の前に、上ちゃんたち「きこり」集団を荷台に載せた森林組合の軽トラが停まり、みんなが一升瓶を片手にこっちに向かって「おめでとう！」と言った。カープ優勝のことなのか、新店舗のことなのか、わからない。

会計は、客の自己申告制である。

「全部で十一点です」

「お釣りがないけ、百円でええです」

チャコさんは端数は切り捨てて百円単位で商品を売りさばき、ぼくが到着してほんの二十分も経たないうちに完売した。

フミャアキは地元のカープ祝勝会に参加するために出かけていき、チャコさんとぼくは二人残された。

いつまでもお客さんがやってくるので、「本日完売」と貼って戸を閉め、穴に差し込んでコキコキと回すネジ式のカギをかける。幾何学模様の遮光カーテンを閉めた。ガラスのショーケースが静かに青白く光り、さっきまでの喧騒が嘘のように思える。

ひんやりとした土間は、数ヵ月前に見学に来たときと同じようにガランとしていたが、あのときと違って、スルメや海苔やかつお節の残り香が漂っている。

手提げ金庫の中に百円玉をいっぱい見つけて「儲かったね」とぼくが言うと、チャコさんは「疲れたね」と話題を変えた。空中の一点を見つめて、これ以上話しかけるなという雰囲気なので、ぼくは黙った。

五分ほど経って、チャコさんが言う。

「さ、帰ろうか。通用口のほうから出て」

外は暗くなりかけていた。遠くの火葬場の煙突の向こうに、藍色のカラスの親子が消えていった。

どの家からも、優勝が決まった瞬間のニュースの音声が聞こえ、夕食どきの家族の団らんの興奮した声が、町じゅうに響いている。

ゆり子さんが、向こうから歩いてきた。

「あら、もう終わり？」

「そうなんです。ありがたいことですが」

そのまま一緒にゆりに引き返し、店のイスに腰かけて二人は梅酒で乾杯する。ぼくは牛乳を飲む。

「十円は安すぎるよ。五千個売っても、売り上げは五万円じゃないの」

ゆり子さんに指摘されると「疲れたあ」とチャコさんはまた話を逸らす。梅酒を一杯しか飲んでいないのに顔が真っ赤だ。

いつものデコトラメンバーが、開店祝いにかけつけた。わき見は満杯で入れず、酒を買ってオーシャンのトラックで、フミャアキを待つという。

フミャアキは夜遅く帰ってきて、寝ているぼくを抱えて山道をのぼり、みんなと合流した。

「おめでとう！」「おめでとう！」「おめでとう！」

波瀾万丈号のエサ臭いコンテナで、開業祝いの乾杯をする。

「すまん、酒のつまみはない。全部売れてしもうた」

「ええよ、ええよ」

オーシャンが尋ねた。

「さてフミャアキちゃん、なぜ乾きもの屋を始めたか、その理由を、開業したら話すと言うてたやろ。ワイも楽しみに来たよ。説明してくれや」

家族にも話していない理由があるのだろうか。

「笑うなよ」

「笑わんよ」

「あのとき琵琶湖でアユを積み終わって、急にひらめいたんよ。市川雷蔵になりたいって」

「はっ？　なんで市川雷蔵やの」

「まあ、ええけ、黙って聞けや」

「ああフミャアキちゃんは眠狂四郎のファンやったね」

「デコトラで東京に向かったんよ。生まれて初めての東京よ。行ったことがあるのは伊豆までじゃったけ」

「ほんでほんで」

「人に聞いて文学座に向かった」

「なんで文学座なんや」

「看板女優の杉村春子が広島出身じゃけ」

「それだけ？」

「うん、それだけ」

「相変わらず、すごい行動力やね」

「午後三時頃じゃったかの。文学座のある細い路地を入っていったら、そのへんを歩いとった劇団員が、稽古場に飛び込んで叫びよった」

「なんて？」

「変なのが来たー！　気をつけて！」

神妙な顔で聞いていたヒラちゃんも、つい吹き出した。オーシャンがコンテナの床にこぼれた酒を拭きながら「あんなトラックが背後から近づいてきたら、誰でもびっくりするやろね」と言った。

「わしは降りてきちんとあいさつしたよ。市川雷蔵になりたいんですって。そしたら劇団員が出ていけって飛びかかってきたけ、身構えたんよ」

「ケンカしたんか？」

「いや杉村春子が来てくれて、いったんその場は収まったんよ。募集は年に一回だけですよって」

「優しいやないの」

「いやいや。広島から来たけ、そこをなんとかと言うたら、連絡もせずにこんなトラックで乗り付けてくるなんて、礼儀知らず！　帰れ！　警察を呼ぶぞって、どなられた。女優さんだけあって迫力があったのう」

「そうかそうか」

「わしはクラクションをバチクソ鳴らして、窓を開けて、なんじゃ、あのババアと聞こえるように言うてから東京を出たよ」

「ははは、口が悪いね」

「夜明けに広島に着いて、アユを放流しようとコンテナの水槽をのぞき込んでみて驚いた。アユが全部死んどった」

「おう、かわいそうになぁ」

「それで、生ものを扱う仕事はやめようと思うたんよ。これからは、乾きものじゃ」

「はっはっはっ」


翌朝、町は日常を取り戻した。

店に売るものは何一つ残っていない。夕方になって、追加注文した商品がごっそり届いたが、客足が途絶えてしまった。

「今日売れなくても明日売ればいいもの屋」は、オープン早々、暗雲が立ち込める。このまま店を維持できるのかと心配していると、フミャアキが言いだす。

「パンを売ろう」

「パン？」

「乾燥しとる」

フミャアキの一声で、菓子パンを売ることになった。急いでパンを大量入荷する手配をして、チャコさんが「パン始めました」の紙を店頭に貼る。

朝起きると、チャコさんがあわてて店から帰ってきた。手には、ウエハースではさんだ三角形のパンを二つ持っている。

「これ、食べてから保育園に行きんさい」

今朝早くにチャコさんが店に行くと、オレンジ色のパン用コンテナが四列・二十段、店先に重ねて置いてあったという。

「雨が降ってきそうじゃけ、とりあえず全部中に入れてきた」

ぼくが保育園から帰ると、店の外まで客があふれている。

近隣県のナンバーの車も停まっていて、道が渋滞してクラクションが鳴り響いている。店内はパンを求める人の群れで大混雑しており、ひっきりなしに電話もかかってきて、まるで戦争のようだ。

お客さんの下をくぐるようにして店に入ると、たくさんの靴跡の付いた「全パン一〇円」の紙が、床に落ちていた。

レジのチャコさんのところにたどり着く頃には、パンは一つ残らず売り切れていた。

「どうしたん？」

ぼくが聞くと、

「パンは足が早いけ、フミャアキちゃんがあせって、全パン一〇円の紙を貼った途端に、こうなった」

チャコさんがまくし立てるように答えた。

そのとき、客の一人が、かつお節とスルメを持って「全部で十個ね」と言い捨てて、百円を置いて出ていった。

「お客さん、パン以外は十円じゃないんです！」

チャコさんは混雑した客のあいだを抜けて、その男性を追いかけて外に出ていく。フミャアキは裏にコンテナを置きに行っていて、店番はぼくひとりだ。次々と、客がさっきの男性と同じやり方で百円を置いて、高価な商品を持ち去っていく。

ぼくは声を上げようと思うが、ひと言も出てこない。

新しく入店した男性客が、そのようすを見て、商品を物色し始めた。見かねて町内の人が男性に声をかけたところ、口げんかになって、男性がぼくを見て叫んだ。

「カープが優勝したというのに定価で売るんか、この店は！」

ぼくは何も言い返せず、じっと男性を見返すことしかできない。怒声を聞きつけてフミャアキとチャコさんが戻ってきた。

フミャアキが「みなさん、全商品十円にします！」と宣言した。それを聞いたチャコさんは、黙って床に落ちた紙を拾い、パンの文字を二重線で消して商品と書き直す。

店内の客から大歓声が上がる。

「カープ優勝おめでとう！」「おめでとう！」「おめでとう！」

二日前と同じく、またたく間にショーケースから商品がなくなった。

「とりあえず引っ越しは延期しよう」

予定では、明日新居に引っ越してくる予定だった。

遮光カーテンを閉めた暗い店内で、フミャアキとチャコさんはガックリと肩を落としている。

「お客さんが安く買うのに慣れとるんよ」

「店は続けたいよのう」

「店の改装費も、残りのお金はどうするん？　信用金庫からは限度額まで借りてるし」

「何かいいアイデアはないかのう」

「追加商品の支払いも済んどらんし」

「車で行商するか」

「車を買うお金は」

「トミオかトミエに借りるか」

登美雄と富江というのは、ぼくにとっておじいちゃん、おばあちゃんにあたる人物で、偶然にもトミオ・トミエという夫婦（めおと）漫才師みたいな名前である。

トミオは身長一四六センチの小男で、対してトミエは身長一六四センチの大きな女性だということしか知らない。

「そんなお金ないでしょ」

「貯金くらいあるじゃろ。保険とか解約してもらって」

「そんなの無理よ」

「ええ案がある。一緒に暮らすんよ」

「会えばケンカばかりなのに、同居なんかできる？」

「同じ世帯になれば、親の金もぜんぶ店の資金になるじゃろが」

「ダメでしょ」

「店を続けるにはそれしかないよ。うまいこと、言うてみるけ」

フミャアキは、同じ町内に住むトミオ・トミエの家に向かって走りだした。

この町は、フミャアキの母であるトミエの生まれ故郷だ。

終戦で満洲から引き揚げてきた一家は、トミエの実家の離れに暮らし、フミャアキを含めて四人の男の子が自立してからは、そのままそこに二人で住んでいる。

「フミャアキは、六歳のときに満洲からひとりで船に乗せられたのを恨んどるんよ」

幼なじみの上ちゃんが、わき見でオーシャンたちに説明するのを聞いたことがある。

戦争が終わりに近づき、負けたら満洲から戻れなくなるという噂で、日本行きの船着場はどこも大混雑していた。トミオ一家の住居からもっとも近い安東港にも、乗船待ちの長い列ができていた。フミャアキは、トミエの実家の住所をメモした紙を持たされて、ひとりで人混みをくぐり抜けて下関行きの船に乗せられたという。

「なんでフミャアキじゃったかというと、六歳までは船が無料じゃったけ」

二人の弟はまだ幼く、トミオ・トミエが同行するしかなかった。

「いまでいうと、中国と北朝鮮の国境から下関までの長旅よ。戦争中じゃけ、爆撃されるかもしれん。さぞかし心細かったろう」

上ちゃんは目をうるませた。肩幅が広くてヒゲ面でゴリラみたいな見た目にもかかわらず、酒が入ると涙もろい。

フミャアキのほうは、その話を聞いても、けろっとしている。

「あのときは、わしは次男じゃけえ捨てられたと思うたよ」

幼いフミャアキは、船中でくり返し泣いたという。

「でも泣いてばかりはおられん。生きてさえいりゃあなんとかなると思うて覚悟を決めたんじゃ」

「フミャアキちゃんが偉いのは、そのあと人に聞きながら、飲まず食わずで汽車を乗り継いで三〇〇キロも離れたお袋さんの実家にたどり着いたことよ」

「いま考えても、ようやったと思うよ」

「しかも、なんでも手伝いますから、どうかここに住まわせてください、と頼み込んだんじゃと、六歳の子が！」

上ちゃんがまた鼻声になる。

「それが、一カ月後に家族みんな無事に再会したとき、フミャアキちゃんに、よう頑張ったという、ねぎらいの言葉一つなくて、できると思ったけ船に乗せた、とお袋さんが言いよった。それが気に食わんのじゃ」

それからずっと確執が続いているのだという。

十歳のときに、こっそり養子縁組の話を進めていたことを知って口を利かなくなり、中学卒業と同時に家を出てからは一切連絡もしていなかったらしい。

チャコさんとの結婚を機に町に戻ることになったが、同居には断固反対し、ゆりの二階を借りて住んでいたのもそういうわけだ。

おかげでぼくも近所に住んでいるのに、トミオ・トミエにかわいがってもらった記憶がない。

フミャアキはしょんぼりして帰ってきた。同居の提案は、無下に断られたらしい。

「やっぱりね」

チャコさんは驚かなかった。

「落ち着いて何か他の方法を考えよう」

その夜、フミャアキと歌を口ずさみながら、ゆりの一階の湯舟に浸かっていると、チャコさんが青い顔をして呼びに来た。

「フミャアキちゃん、お父さんとお母さんが来た」

「何?」

二人であわてて風呂を出る。色あせた青いバスタオル一枚で体を拭く。

トタンで仕切っただけの脱衣所のすきまから星がよく見える。昼間に晴れたぶん、夜になると一気に気温が下がってきていた。拭き切れていない足の指先が冷たくなっていく。

「風邪ひくけ、早う着ろ」

ぼくは雪の結晶柄のトレーナーの上下に、茶色のドテラを着て、フミャアキを追って二階に上がる。

祖父母がこの家を訪ねてくるのは初めてだ。

トミオは部屋の真ん中に水かけ地蔵のようにあぐらをかいてちょこんと座り、トミエは断崖にそびえ立つ灯台のように腕組みをして立っている。頭が天井につきそうだ。

「お茶か、なんか、入れます?」

チャコさんの質問には答えず、トミオが口を開く。

「一緒に住むことにする」

フミャアキは、待ち望んでいた答えのはずなのに、喜ぶこともなく、「そう」とだけ言った。

「十一月の第三週以降で、暦を見て、ええ日に引っ越す」

それだけ言うと、トミオは立ち上がって階段を降り始めた。

トミエは高い位置から新しい家族を吟味するように、ぼくとチャコさんの顔をかわるがわるじっくり観察しながら、言った。

「フミャアキが町に帰ってきたときから、老後は世話になろうと思っとった」

酒嗄れした男みたいな低い声だ。

その言葉がフミャアキのカンに障ったらしい。

「世話するために一緒に住むんじゃないで!」

トミエはお構いなしに続ける。

「わしからの条件を言わしてもらう」

ドスの利いた声で言われると、脅しに聞こえる。

「わしは店を一切手伝わん。それと掃除、洗濯、料理、裁縫、子育てを一切やらん。万が一知佐子さんが倒れたら、岡山のお母さんに来てもらってくれ。それでも良ければ一緒に住んじゃる」

さすがにフミャアキも、こんな一方的で不平等な条件をのむことはないだろう。きっと激怒して断るだろう。そう思ってようすをうかがっていたら、

「……わかった」

あっさりフミャアキが快諾したもんだから、ぼくもチャコさんも驚いて、えっと声を出した。言いたいことを言って、のっしのっしと去っていくトミエを見送ると、チャコさんが言った。

「あんなこと言われたら、わたしも困る」

「大げさに言うとるだけじゃろ」

「そうかねえ」

「四の五の言っとられんけ」

「そうじゃけど」

「まあ、なんとかなるじゃろ」

フミャアキはすぐに、トミオ・トミエの「何か」を「どうにか」したお金で、ハイエースを買った。

近隣の町の酒屋や食堂などを一軒一軒回って、商品を卸していくことにした。酒屋には酒のつまみを、食堂や寿司屋には海苔とお茶を。店によって商品をセレクトして卸していく作戦は功を奏し、徐々に注文も入るようになり、どうにか年内閉店の憂き目を避けることができそうだ。

トミオ・トミエと話し合いを重ね、一階がフミャアキ家族の住居、二階が彼らの住居と決まった。十一月中旬の大安に、まずフミャアキとチャコさんとぼくが住み始め、翌週の大安にトミオとトミエが引っ越してきた。

ぼくが祖父母との共同生活に不安を感じながら保育園から戻ると、トミエに耳打ちされた。

「ちょっと来い」

ぼくは、あとをついて裏から外に出る。

鍛冶屋のおじいさんの家の横に古い柿の木がある。熟した柿が落ちて地面が赤茶色になったその木の下で、トミエがふり返った。

「何?」

そう言い終わらないうちに、ぼくは拳で殴られて倒れた。

驚いてトミエを見上げる。

「タカシロー。わしゃあ、子供は好かん」

腐った柿の実が頬に付いた。

「じゃけ、わしには逆らうな」

「はい」

「言うことを聞かんかったら、こうなるんじゃ、覚悟しとれ」

「わかった」

「このことをフミャアキには絶対言うな。言うたらどうなるか、わかっとるの」

「はい」

トミエは、ぼくを起こしもせず家に戻っていく。

もう鬼やオバケや獅子舞やナマハゲなんて怖くない。

それ以上におそろしいものの存在をぼくは知ったから……それは、祖母。

＊

チャコさんは臨月で、いつ産気づいてもおかしくない。年末か年始に、ぼくはお兄ちゃんになりそうだ。

おなかが横に広がっていれば女の子、甘いものを食べたければ女の子、臨月で母親の顔つきが穏やかになっていれば女の子という、性別を見分ける言い伝えがすべて当てはまるため、産まれてくるのは妹で間違いなさそうだ。

夕飯の準備を早めに終えて、フミャアキとチャコさんは、女の子の名前を決めている。

ぼくの「リボン」という命名案がまず却下され、トミオの「むつみ」もトミエの「まさえ」も受け入れられず、結局フミャアキの独断で、好きな芸能人ナンバーワンの由紀さおりから取った「ユキ」で決定した。

「どんな名前でもええけど、出生届はわたしが出しに行く」

チャコさんが主張する。

「タカシローのときで、こりごりしたんよ」

「すまん、あのときは酔っ払っとったけ」

「今度は名付け親を頼んどらんじゃろうね」

「たぶん大丈夫と思う」

「タカシローのときは、義雄おじさんに名付けを頼んどったのを忘れとったんじゃろ」

ぼくの名前は、漢字で「隆志郎」だ。トミエの弟の、何をしているのかわからないけど、本ばかり読んでいる義雄おじさんが付けてくれた。

「いきなり病院に『命名　隆志郎』って紙を持ってきたけ、びっくりしたのう」

「それもびっくりしたけど、保育園に申し込んで役場から電話があったときのほうが、びっくりしたわ。実はお子さんの名前は隆志郎さんじゃありませんって」

ぼくは驚いて声を上げた。

「え？　違うの？」

タンスの上には「命名　隆志郎」の紙を持って笑っている家族写真も飾ってあるし、母子手帳にも「なまえ：隆志郎」と書いてある。

フミャアキが「いま言うな」という顔でにらんだが、チャコさんは続けた。

「いつかわかることじゃけ、いまタカシローに言うておくのがええ。あんたの本当の名前は隆志郎じゃないんよ」

「そうなん？」

「役場の人に、お子さんの本当の名前は、タカ・フミさんです、って言われて、わたしも心臓が飛び出すかと思った」

フミャアキが言い訳するように口をはさんだ。

「いやー、出生届を出す寸前に、やっぱり自分の『文』の字を入れとうなったんじゃ。名前を書き直して出生届を出してしもうた。すまん」

「どうしてもっと早う言ってくれんかったの」

チャコさんが責める。

「いやー、あのとき泥酔しとったけ。もしかしたら夢じゃったかもしれんと思って」

「夢なわけないでしょう。勝手に名前を変えて」

「呼び名は、タカシローのままで問題ないじゃろ」

「これからは、そう簡単にはいかんと思うんよ。いまでも新任の保母さんが、書類の名前と呼び名が違うけ混乱しとるし」

そうか。それでより子先生は、ぼくのことを「タカ……ちゃん」と変な呼び方をするのか。

「この子の出生届だけは、わたしが出したいんよ」

「もう酔っ払わんけ」

「ええよ、酔っ払っても。どうぞどうぞ」

そう言って、チャコさんは台所に徳利とお猪口を取りに行き、フミャアキの前にドンと置いた。フミャアキが黙って冷酒を手酌して飲むのを見とどけると、チャコさんがぼくの横にゆっくり座りながら言う。

「家での名前と外での名前が違うなんて、タカシローもかわいそうじゃ」

夕方六時のニュースが始まった。

ぼくは体を回転させて左後ろのテレビを見る。

下見のときにバカでかいと思った居間の掘りごたつは、住んでみるとやはりバカでかかった。四畳半の真ん中の二メートル×二メートルの床を外せるようになっていて、部屋の面積の八割がこたつ、残りの一割が家具（テレビ・食器棚・本棚・マッサージチェア）、あとの一割が人間という窮屈さだ。

四隅に置かれた家具と、こたつのすき間は三〇センチしかない。

台所にもっとも近い一辺にチャコさんとぼくは二人で座っていて、ぼくの左の背後はオレンジ色のテレビだ。ブラウン管に手が届く。

テレビをはさんでフミャアキが座っている。部屋の一番奥の、いわゆる上座だ。

フミャアキの左には、マッサージチェアがあり、チェアをはさんでトミオが座っている。

トミオとトミエのあいだには本棚があり、トミエとチャコさんのあいだには食器棚がある。

こたつの上部は、やぐらになっている。

格子状のやぐらの上に、ベージュとグレーのチェックのこたつ布団と、レモンイエローのニットがかけられ、重い天板が載せられている。

やぐらは四つの太い柱で支えられていて高さもある。ぼくは座布団を五枚重ねて座っている。そうしないと食事の皿に手が届かない。

向かいのトミオの顔も、こたつの陰で見えない。毛髪のない頭だけが蛍光灯を反射して輝いている。まるで水平線に沈む夕陽のように。

対してトミエは、背筋をピンとして堂々と食卓を見おろしている。トミエの隣りじゃなくて良かった。

ぼくの背後で、女性のレポーターが元気よく言う。

「今日はクリスマスです。欧米ではシチメンチョーを食べてお祝いする風習がありますが、みなさん今夜は何を召し上がりますか？」

聞き慣れない言葉を耳にして、ぼくはフミャアキに尋ねてみる。

「シチメンチョーって何？」

「ん？　シチメンチョーってのはなぁ、これだ」

同じくテレビのそばに座っているフミャアキが、画面の一部を指差して教えてくれる。

「へえ、あれがシチメンチョーか」

鶏の丸焼きの横に添えられた、白くてモコモコした野菜の名前が「シチメンチョー」だと、ぼくは覚えた。

ぼくは前から、この白いシチメンチョーが大好物だ。マヨネーズにもケチャップにも合う。名前を知ることができてうれしい。これからは「何が食べたい?」と聞かれたらシチメンチョーと答えられる。

クリスマスといえば、もう一つ聞いておきたいことがある。

毎年この季節になると、フミャアキが保育園に来て、紅白の服を着て白い口ひげをつけ、プレゼントを袋から出して渡してくれる。

「あれ、サンタクロースのモノマネ?」

「いや、あれは、サンタ本人よ」

「サンタの手伝いじゃろ」

「ううん、サンタ本人よ」

「ほんまに? サンタクロース本人?」

「そう。アルバイトしとるんよ」

「アルバイト?」

そういえば節分で保育園を襲撃しにやってくる鬼も、フミャアキだ。節分前日の夜中に、チャコさんが鬼のパンツにアイロンをかけていた。

「鬼もアルバイトでやっとるん?」

「そうよ。鬼が一軒一軒回るのは大変じゃけ、何人か選ばれた人間が鬼になるんよ」

「鬼になるのって難しい?」

「難しいよ。試験があるけ」

「えっ、試験に合格したわりには下手じゃね」

「ハハハ、そうか次はもう少しうまくやるわ」

「もっと練習がんばって」

「タカシロー、これは絶対に友だちに言うたらいけんよ。サンタの業界も鬼の業界も、厳しいオキテがあるけ、バレたら二度と、人間界に戻ってこれんようになる」

フミャアキがさみしそうに目を伏せた。

「わかった。絶対に黙っとく」

ぼくは重大な秘密を知った恐怖で、泣きそうになった。

チャコさんが夕飯のおかずを台所から運んでくる。フミャアキがその皿を見て声を上げる。

「おっ、やっぱりクリスマスじゃけ、うちもシチメンチョーを食べるよ」

チャコさんは一瞬けげんそうな顔をしたが笑顔になる。

「へえ、知らんかった。これシチメンチョーって言うん?」

ぼくは自慢げに話した。

「いまニュースでやっとったよ。クリスマスにはシチメンチョーを食べるんじゃと。じゃけ、今日は腹一杯食べたい」

「どうぞどうぞ」

メリークリスマス。この幸せが永遠に続きますように。

＊

年が明けて、妹のユキが生まれた。ぼくと違って、顔はチャコさんによく似ている。名実ともに「お兄さん」になって、ぼくは保育園の年長クラスに進級した。

五月から豪雨が続き、梅雨入りしてすぐの日曜日、裏山で土砂崩れがあった。

フミャアキは早朝から町内の緊急集会に出かけていき、チャコさんは夜中に何度もユキに起こされてぐったりして寝ている。ぼくはひとりで店のスルメイカを戦わせて遊ぶのにも飽き、こっそり土砂崩れの現場を見に行くことにした。

歩くとキュッキュッと音がするビニールのツッカケを履いて、傘も合羽も意味をなさない暴風雨に興奮しながら、キャンプ場に向かう車道をのぼっていく。

キャンプ場の手前まで来ると、アスファルトが流されて道が寸断されている。泥と倒木を大量に含んだ濁流が、目の前を轟音を立てて通り過ぎていく。植林されたばかりのスギが根こそぎ流され、濁流は滝となって、道路の端を集落のほうへ流れ落ちている。

「どのくらい速いのだろうか」

ぼくは左足をちょんと流れにつけてみる。予想を超えて水圧が強く、あっという間に左のツッカケが流された。バランスを崩して倒れると、濁流に飲み込まれ、体ごと滝のほうへ運ばれた。

落ちる。

そのとき、残されたアスファルトのギリギリのところ、濁流が滝に変わる場所に誰かが立っているのが一瞬見えた。近所の竹田のじいちゃんだ。

いつからそこにいたのだろうか。

竹田のじいちゃんが、流れに足をグッと踏み出して、ぼくの右手をつかんだ。ツッカケは濁流と一緒に、谷底に流れ落ちていったが、間一髪でぼくの体は宙に浮いて残った。

アスファルトの端で胸を強くぶつけたが、じいちゃんが手を離さなかったおかげで、ぼくの命は助かった。

慎重に抱えられて、ぼくは流れの届かない安全なところに連れていかれた。じいちゃんに巻き付けたぼくの腕がはずれない。それほど強くしがみついていた。いつまでもドクンドクンと鼓動がおさまらない。

鼻と口の奥に泥が入っている。じいちゃんが口に指を入れ、ベロを押さえて無理やり泥を吐き出させる。何度かせきをするうちに、呼吸が楽になって落ち着いた。

「バカたれが！」

暴風雨の中で叱られた。ぼくはおしっこを漏らしていた。

「おしっこも、この雨で流れてわからんようになるじゃろ」

じいちゃんが笑いながら言うので、ほっとする。気づくとトミオがいた。トミオは、竹田のじいちゃんの陰で、ぼくが流れていくさまを黙って見ていたのだ。

ぼくが肩をひくつかせながら、流されなかった右足のツッカケだけを履いて歩きだそうとすると、竹田のじいちゃんは、背中をさし出して「おぶっちゃろ」と言う。採石場で働いてきたじいちゃんの、労働者らしい広い背中に安心した。

裸足の左足からにじんでくる血を、打ちつける激しい雨が流していく。トミオは、ぼくのあとを黙って付いてきている。

いわゆる世間で言う「じいちゃん」って、竹田のじいちゃんみたいな人じゃないだろうか。うちのは、イレギュラーな「じいちゃん」かもしれない。

トミオは、一日じゅう二階の自室にこもっている。

和室を取り囲んだ廊下の横にある、直角二等辺三角形の納戸がトミオの部屋だ。そこは屋根の下で、天井にも傾斜があるので、いびつなピラミッドみたいである。昼間はその小部屋で本や新聞を読んで過ごし、寝るときだけトミエと一緒の和室に行く。週に二回ほど役場の宿直室に泊まる仕事をしているが、それも人と一切関わりを持たない仕事だ。町に友だちはおらず、何を考えているのかわからない。

朝昼晩に降りてきてごはんを食べるときも、家族で花札をするときも、ずっと無言だ。家族相手にも、年に三回くらいしか口を開かない。しかもその三回は、「昨日の鯛の刺身の酢漬けがおいしかった」とか「美空ひばりの声が好きじゃ」とか、久しぶりに口を開いたわりにはみんなが聞き流してしまうような、ごく日常的な会話である。

土砂崩れ現場からこっそり家に戻り、死にそうになったことは家族に黙っていた。トミオは何も言わない。ぼくは左のツッカケをなくしたことを「その辺で落とした」と、ことを小さめに報告した。

この事件以来、保育園の帰りに、わき見のはす向かいにある竹田のじいちゃんの家に寄り道するようになった。その日に園で起きたことを報告すると「そうかそうか」と笑いながら聞いてくれるのがうれしかった。

お茶を飲んだり菓子を食べたり、二人で土砂崩れのことを思い出して語り合う。擬似的な「じいちゃんと孫」ごっこだ。

＊

年長児は、秋に小学校の運動会に参加することになっている。

その日は、フミャアキもチャコさんも忙しくて見に来られなかった。近隣の小中学校の運動会が重なり、巻き寿司用の板のりやカンピョウを、仕出し屋や食堂に届けたり、夜は寿司の出前で済まそうという家族も多く、寿司屋に板のりを届ける必要があって、朝からてんてこ舞いだ。元々トミオとトミエは孫の行事に興味がないから、ぼくの家からは誰も保護者が来なかった。

ぼくははす向かいに住むテルくんと一緒に小学校に来て、テルくんちのお弁当を食べる。

「好きなだけ食べていいからね」

テルくんちのお弁当は、トンカツとハンバーグである。

「みんなで食べたら、さみしくないね」

テルくんのお母さんに言われて、楽しい気持ちが急にかき曇る。

トンカツは冷めているし、ハンバーグは表面の脂が白く浮いているし、山からの風が万国旗を揺らす音は耳障りだ。

昼休憩が終わって、紅白玉入れが始まると同時に「『もうすぐ一年生』に参加される園児は入場門にお集まりください」というアナウンスが流れる。ぼくは皿に残っていたトンカツの端っこを口に入れて、テルくんと一緒に歩いていった。

五十音順に三人ずつで競技は行われる。ぼくは一番目、テルくんは五番目の出走だ。

ホイッスルが鳴って走りだす。土の入った水色のたらいに埋められたサツマイモを手探りで三本掘り出し、泥付きのイモを三つ抱えて、網をくぐる。両手が自由に使えないので思うように進めず、網の目にイモが引っかかる。

砂まみれになりながら網をくぐり終えると、水の入った金属製の洗面器に顔をつけて三秒数える。そのあと隣りの小麦粉入りの洗面器に顔をつけて、手を使わないで口でボンタンアメを探す。

ぼくは顔をつけても何一ついいことはないと思って、フーッと粉を吹いてアメを探す。顔が白い粉だらけになる「子供らしい子供」を楽しみにしていた観客は一気に白ける。

一等でゴールテープを切り、ボンタンアメを奥歯でギュッと噛みつぶしながらブランコのところに行く。ブランコは保育園にあるような座るタイプではなく、金属製の立ちこぎ専用で、地面スレスレに低く作ってある。

ぼくは運動場に背を向けてブランコに座った。金属の冷たさがひんやりとお尻に伝わってくる。いつものブランコと同じ調子でこぎ始める。朝から誰も乗っていなかったせいか、金属同士の触れ合う音がギーッ、ギーッと甲高く響く。

乗る前に考えていたより、ずっと地面が近い。つま先が引っかかり、ぼくは前のめりにブランコから落ちた。抱えていたイモが三つとも転がり、ボンタンアメを飲み込んでしまう。

ぼくは起き上がって、あわてて振り返る。誰も乗せていない空のブランコが戻ってきて、頭の正面のやや左側に命中した。

今度は後ろに倒れ込む。痛みはまったく感じない。手をやると手のひらが真っ赤に染まり、歩きだすと土に赤い丸がいくつもできる。

「血！　血！　血！」

知らないおばちゃんが声をかけてきた。

頭から流血していることよりも、痛くないことに驚く。そういえば鼻血が出たとき毎回鼻水だと思うもんな。

手が砂まみれだ。この手でキズに触るとバイキンが入らないだろうか。服に血が付くのも嫌なので、仕方なく両手を前に伸ばして歩きだす。

生きる屍のようにふらつきながら歩いているぼくのところへ、テルくんのお母さんが走ってきた。顔が真っ青だ。

救護テントに連れていかれ、清潔なガーゼをいくつも交換して押さえてもらううちに、血が止まってきた。手当てをしてくれている白衣の先生の目は笑っていない。

ほどなくして、サイレンが響き渡り、救急車が校庭の横に到着した。担架に乗るのが楽しみだったけど、「歩いて」と言われてがっかりする。ドラマで見るのと違って、寝転ばずに、座った状態で救急車は出発した。

「すぐに縫わないとキズになる」

車内で救急隊員に説明を受ける。運ばれたのは、町に一つしかない総合病院で、ぼくの生まれた病院だ。

「手術は痛いですか」

外科のお医者さんに聞く。

「縫うけど、ちゃんと麻酔をするから心配するな」

そう励まされる。手際よく包帯をグルグルと巻かれ、その上をゴム製の網とテープで固定される。締めつける力が強くて痛いが、キズ自体の痛みはなく、出血も完全に止まっている。

連絡を受けて病院にかけつけたフミャアキが、ぼくとちょうど入れ替わりで診察室に入り、後ろ手にドアを閉めながら医者に尋ねた。

「手術はいくらかかりますか」

ぼくは廊下のベンチに座り込んだ。

しばらくしてフミャアキは、外科医にヘラヘラと笑いかけながら、あとずさりで部屋を出てきた。ドアを閉め終わるや否や、笑顔をやめ、真顔になってぼくのところに早足でツカツカとやってきて、耳元で声をひそめて言った。

「男はキズの一つくらいあったほうがいい」

フミャアキにはためらいがない。

手術を受けられると勝手に思い込んでいたぼくは、恥ずかしくて、叫んで走りだしたくなる。

遠くで、待合室の鳩時計が「ぽっぽー、ぽっぽー」と鳴いている。

少し遅れて、フミャアキの腕時計のアラーム音が二回、ピピッ、ピピッと鳴る。

「ちょうど二時か」

フミャアキは言った。

「うん」

ぼくは頬を引き締めてうなずく。キズの部分がキュッと縮まった気がする。

「痕は残るらしいけど、毎日包帯を交換していけば二カ月くらいで治るって」

フミャアキは、まるで新たな儲け話をしているかのように自慢げだ。ぼくは会話を続ける気力が失せる。

「帰るぞ」

「……」

肩を抱かれると、乾いた悲しみがわき上がってくる。鼻の奥で、水に入れたドライアイスが煙を上げているみたいだ。

病院を出ると風が冷たい。周りの山は紅葉しない。スギもヒノキもマツも緑のままだ。来月にはその緑に白い雪が積もるだろう。

冬がすぐそこに忍び寄ってきている。

九歳

朝からずっと、ユキはチャコさんと一緒に和室の隅にいた。

小雪がチラつく日曜日に、二人は黙って床を見つめている。ユキは、チャコさんとジグソーパズルに熱中していた。

ジグソーパズルといっても、二週間前に完成した一〇〇〇ピースからなる、ゴッホの「アルルの跳ね橋」を裏返してバラバラにした、灰色一色のジグソーパズルだ。絵を見てピースをはめていくのに飽きたらしい。まさかゴッホも、自分の作品が裏返して楽しまれるとは想像しなかっただろう。

「それ、面白い？」

掘りごたつからぼくが聞くと、ユキは欠けたところに根気強く一ピースずつ当てながら、ささやくような声で答える。

「面白いわけじゃない。やりだすと止まらないだけ」

観音開きの鏡台に映った横顔はチャコさんにそっくりだ。

ユキはチャコさんにべったりで、母娘という、フミャアキやぼくの介入できないセーフティゾーンから他人を観察しているようなところがある。ずるいぞ。ぼくにはそんな場所がない。かといって、気の遠くなるような灰色のジグソーパズルに興じることはできないと思う。

いつもユキは冷静沈着だ。今朝も、ぼくが卵を割るのに失敗して、卵白がねっちょり手に付いて叫び声を上げたとき、「大声を出せば出すほど、叱られるよ」と、アドバイスしてくれた。確かに、納豆を混ぜてこぼしたときも、ナポリタンがシャツにはねたときも、もっと静かに落ち着いて対処していれば、あれほど叱られなかっただろう。

ユキの小学校入学は一年以上先だが、気の早いフミャアキがぼくと色違いの合皮の赤いランドセルをすでにもらってきている。二階の在庫を置いている倉庫にしまってあるから、乾いたイカの匂いがこびりつきはしないかとユキは心配している。

ユキも通うであろう小学校は、町に三つある小学校の中で最も児童数の多いマンモス校だが、どの学年も一クラスしかない。

ぼくたち四年生も、男女ともに九名ずつで、入学のときから顔ぶれが変わらない。学級委員は毎年、サッコという天然パーマの子だ。

サッコはだらだら掃除をする男子に厳しい。

老朽化した校舎は、戦争を生き延びたオンボロ二階建てで、教室や廊下の壁・天井・扉はもちろん、トイレの床まで木製だ。拭き掃除が大変で、必ず誰かの手指に木の繊維の切れ端が刺さる。

おとといの金曜日の掃除時間のこと。

ぼくを含めた男子四名は、校庭の雪かき担当だった。さらさらした新雪を集めて「この吹雪が目に入らぬか」とかけ合ってふざけているのを、サッコが目ざとく見つけ、「岩崎先生に言うよ」と脅してきた。

シンちゃんが「なんだよ、このカリフラワー！」と冷やかす。みんながどっと笑い、サッコはカンカンに怒りだした。

ぼくはニヤニヤしながらようすをうかがっていた。不用意な発言をしてカリフラワーを知らないことがバレないように。

そのときぼくはサッコのカールした頭を見て、とっておきのあだ名を思いついて叫ぶ。

「歩くシチメンチョー！」

あのクリスマス以来、ぼくのシチメンチョー好きは続いている。チャコさんにせがむと気軽に茹でてくれるし、その度に「今夜はシチメンチョーよ」と家族に笑顔で目配せしながら食卓に並べてくれる。まもなくクリスマスだ。またおなかいっぱいシチメンチョーを食べられる。

男子もサッコも、一瞬ケンカをやめてこっちを見た。「だるまさんが転んだ」で振り返ったときのように、誰もが動きを止めている。ゆっくりぼくはくり返す。

「歩く、シチメンチョー！」

依然としてみんなの目が点のままだ。

隣りに立っていたテルくんが言う。

「シチメンチョーって、歩くよ」

「えっ、シチメンチョーが歩く？」

「うん、歩くよ。鳥じゃけ」

「えっ……あれが鳥？　野菜じゃなくて？」

「うん、鳥よ」

「どの部分を食べるん？」

「脚じゃろ」

「脚？　あの白いモコモコって脚!?」

女子たちが会話に参加してくる。

「さっきからなんのこと言いよるん？」

「クリスマスにシチメンチョーを食べるじゃろ。あれ、実は、鳥の脚らしい」

「知っとるよ。鳥の脚よ」

自分以外、全員が知っていた。この衝撃の事実を。ぼくは雪の上に倒れ込みそうになる。

「なんで急に七面鳥が出てきたん？」

図書委員の牧子が聞く。

「サッコの天然パーマの頭がシチメンチョーに似とると思ったけ」

「カリフラワーじゃない？」

そう答えた牧子にヒソヒソ聞いてみる。

「ねえ、カリフラワーって何？」

妖怪や怪獣みたいなものだろうか。サッコがカンカンに怒りだすほどだから、似ていると言われたら嫌なものだろう。

「カリフラワーは、白い野菜でモコモコしてて」

「えっ。それが、カリフラワー？」

「そう」

「じゃあ、シチメンチョーは？」

「だから、七面鳥は、鳥」

　ぼくはおもむろに顔を上げて、牧子の肩をつかむ。

「そうか。わかった！」

　牧子は困ったような微笑を浮かべている。


「みなさん、さようなら。先生、さようなら」

　上の空で終わりの会のあいさつを終えると、ランドセルを背負いながら廊下に走り出て、玄関で上履きを大急ぎで脱ぐ。昔ながらの古い十五段の下駄箱のうち、使っているのは真ん中の二段だけである。

　早くフミャアキやチャコさんに知らせたい。

　すべり止めのついた長靴でかけだす。道路の脇には、いったん溶けて再び凍った雪がツルツル光っている。生け花の「剣山」のようにそろって立つ周りの木々に雪が積もっている。キャンプ場は、今年の冬からロープを直接つかむと上まで運んでくれるロープトーが稼働し始め、初心者用のスキー場に変身していた。

　息を白く弾ませて、うちに着く。チャコさんが店先で、上ちゃんたち「きこり」御用達のスナック白樺のママと立ち話をしていた。

　町にスナックは、わき見と白樺の二軒しかない。

わき見ママに比べると白樺ママは、背が低くて丸顔でおしゃべり。ヘアースタイルは雄ライオンのたてがみのようで、夜遅くなると客の前でも髪にカーラーを巻いて前髪を作る。いつも牛乳石鹸の匂いがする。

二人の会話をさえぎって、チャコさんに言った。

「ねえ。うちでシチメンチョーと呼んどる野菜は、ほんまはカリフラワーって言うんだって」

チャコさんは微笑みながら、白樺ママに聞かれないように声をひそめる。

「フミャアキに言って」

ぼくは長靴を脱ぎ捨てるようにして家に上がり、奥の居間に直行する。

フミャアキは、特大こたつに足を入れて「大岡越前」の再放送を見ながらうたた寝していた。

「ねえねえ。シチメンチョーは、本当はカリフラワーって言うんだって」

面倒そうに目を開けたフミャアキは、マッサージチェアに寝転んだまま言った。

「やっと気づいたか」

ぼくの心臓が、いたずらのようにポンッポンッと脈を打つ。

「ユキは、とっくに気づいとったよ。タカシローがあまりにも信じとるけ、誰も本当のことを言いだせんようになってしもた」

そばにいたユキに詰め寄る。

「知っとったんか？」

ユキが大岡越前のほうを見たまま、こくりとうなずく。

ぼくは表面のツヤが取れたランドセルを背負ったまま、ぼうっと立ち尽くした。

「みんな知っとった……」

庭の窓から冬の西陽が差し込んでいる。ちょうど影になってフミャアキの表情が見えない。

あくびが聞こえて、遅れて酒臭い息が匂ってきた。

ぼくは、階段の下の定位置にランドセルを置いて居間に戻ると、ユキをこたつの中に呼び出す。

こたつは深くて、シェルターのような内部に降りることができる。囲炉裏がさらに深く掘ってあり、丸い炭団が三個、炎を出さずに闇を赤く照らしている。

「おい、知っとったんか」

「シチメンチョーのこと？」

「いつから気づいとった？」

「一年前のクリスマスに知ったよ」

「どうやって」

「保育園で七面鳥の絵本を見て」

「それでどうしたん？」

「フミャアキに、まだタカシロー気づいとらんけ、黙っとれと言われた」

「そうか」

「家族のみんな知っとったよ。ずっとだましとったんよ」

フミャアキのいびきがこだまして、やぐらが震えた。

ほっぺが熱い。だれとも話をしたくない。ぼくはこたつを飛び出す。階段をかけあがり、トイレの左の、乾いたイカの匂いのこもる倉庫にかけ込み、思い切りドアを閉める。

指先が震える。裏切られた気持ちで胸がいっぱいになった。

窓を開けて、何度も深呼吸をした。ヒノキの匂いがする湿った冷たい空気を吸い込んで、息を整える。

来週クリスマスが来る。ぼくは絶対にカリフラワーを食べない。

＊

終業式だけのために月曜に登校すると、翌日から小学校は冬休みに入った。

八時ちょうどに集団登園の列が家の前を通り、ユキは保育園に出かけていく。

「おはようございまーす」

ぼくは二階にいるトミオ・トミエに向かって、階段の下から声をかける。

「お、は、よ、う」

中年のおっさんみたいなトミエのしゃがれ声が聞こえ、それを合図にぼくは居間に戻って座布団に正座をする。

古くなって黄ばんだハエよけの白いネットが、目玉焼きの載った皿を覆っている。

ふすまをはさんだ隣りの和室から、フミャアキのいびきが聞こえる。いつもの朝ごはんのBGMだ。昨夜も泥酔して帰宅したらしく、押入れからフトンを半分だけ引っ張り出して寝ていた。

押入れのそばには、金と紫でデコトラふうの飾りつけをした浄土真宗の仏壇があって、ご先祖様の遺影が、口を開けたフミャアキを見おろしている。

トミエが階段に一歩を踏み出す「ミシッ」という音を確かめると、チャコさんはみそ汁を温め直すために、コンロに火をつける。

トミエは人一倍、みそ汁の温度にうるさい姑だ。味や具材にこだわりはないが、汁の温度に異常なほど執着している。ちょっとでも熱いと、チャコさんに当たる。

「知佐子さん、わしを殺す気かぁー！」

チャコさんは、そんな理不尽な苦情を一切無視して、セリフを棒読みで受け流す。

「そんなもんですかねぇ」

同居して何年もたつと、そのあたりは職人芸だ。

そのときトミエのそばにいると、「何がおかしいんじゃー!」と流れ弾が飛んでくるので、みそ汁の一口めは、ぼくも緊張する瞬間だ。

「うん、よし」

今日のところはチェックをクリアした。

しかし、ホッとしたのも束の間、思わぬところにトラップが待っていた。

「なんじゃこりゃー、知佐子さん、わしの肉じゃがには肉がぜんぜん入っとらん。これは肉じゃがじゃない、じゃがじゃー!」

トミエの大声が近所に響き渡る。ジャガジャー。それはまるでフルボリュームでかき鳴らすエレキギターのよう。

トミエは立ち上がり、ドシンドシンと足音を響かせて二階に戻ってしまう。

残された三名(チャコさん、トミオ、ぼく)で、しめやかに朝食をとる。NHKの連続テレビ小説を見ているあいだも、フミャアキは隣室でいびきをうならせている。

食器をすべて片付け終わったとき、フミャアキが寝ぼけまなこで起きてくる。律儀に上下パジャマに着替えている。

ぼくは体が硬いから、着替えが苦手だ。他の子より遅いから、学校でもできるだけ着替えをしたくない。体育やプールの授業があるときは、下に体操服や水着を着ていった。

ちなみに家に帰ってもすぐには着替えない。お客さんが来たら店に出なきゃいけないからだ。テルくんやシンちゃんちに遊びに行ったとき、帰宅するとすぐに「部屋着」と呼ばれるジャージに着替えていてびっくりした。しかも寝るときにはパジャマに着替えるらしい。自宅で着替えを二度もするなんて。

「おそよう」

フミャアキのあいさつに、誰も何も答えなかった。トイレを済ませ、フミャアキは帰りに台所の流しに寄って、コップに二杯、水を飲む。続いて、シジミのみそ汁、トコロテン一パック、昆布と山椒の佃煮、砂糖と生卵入りの納豆一パックを食べる。

フミャアキは、三百六十五日同じ献立の朝食をかき込んで、締めに「迎え酒」を飲む。

「酒は米からできとるけ、ごはんを食べるのと同じじゃ」と言いながら。

その後は、冷水で顔を洗い、三日ごとにヒゲを剃り、茶色のジップアップのジャンパー、グレーのタートルネックのセーターに紺色のスラックスという仕事着に着替える。

冬休みに入ったばかりのぼくは、朝からほろ酔いのフミャアキにこれから同行させられる。

オフホワイトのハイエースに乾きものをいろいろ積み込んで、近隣の得意先に売って回るのだ。

近隣といっても、広島・島根・鳥取・岡山の四県にまたがっている。酒店には酒のつまみ、食堂にはかつお節やいりこ、寿司屋には海苔や緑茶など、場所に応じた乾きものを卸していく。

フミャアキはせっかちな性質で、「朝起きて、しばし、ぼーっとする」ような時間は一秒も必要としない。八時半に起きてきて、八時四十五分には家を出る。

運転席側の車体に深緑色で「店商明文飛石」と書かれたハイエースの窓を開け、

「早うせい！」「早ぅせい！」「早うせい！」「早ぅせい！」「早うせい！」

と、トイレで大きいほうの用を足しているぼくにも届く大声で、しつこく急かす。

「まぁ、そんなにあせらず、ゆっくりやりんさい」

チャコさんの言葉は、フミャアキとぼくのどっちに言っているとも取れる。

ぼくらが乾きものを売りに出ているあいだ、チャコさんは帳簿を付けたり、さきいかなどを小分けに袋詰めしたり、来客の相手をする。

本日の一番乗りのお客さんは、隣りの大村さんちの飼い猫ミィだった。最近引き戸を開けることを覚えたミィは、すぐに追い返さないと、スルメをくわえて家に持ち帰ってしまう。

「戸を閉められんけん、犯人はすぐわかるけどなあぁ」

チャコさんが、出身の岡山なまりの言葉づかいをするときは、だいたい感情がたかぶっているときで、顔は笑っていてもかなり怒っている証拠だ。

ぼくが手を洗って、急いで助手席に乗り込むと、フミャアキはアクセルを踏み込んだ。二人の体は大きくのけぞる。

「ところで、酒を飲んで運転してもいいん？」

ぼくが聞くと、

「午後四時以降は乗らん」

堂々とフミャアキは答えた。

「飲酒運転の取り締まりは、だいたい夕方から朝六時くらいまでじゃろ。じゃけ、午前中と午後四時くらいまでは、飲酒運転してもかまわんのじゃ」

ぼくは否定も肯定もしない。どうりで、毎日四時からの時代劇の再放送を見ているわけだ。

一軒目の、なじみの酒店に着いた。どのルートも、朝一番に酒店を訪問するように組まれている。

車を降りると、フミャアキは両頬を手のひらで叩いて、気合いを入れる。

「おっはよーう！」

店に入るときの第一声は、威勢がいい。

「あら、フミャアキちゃん！」

酒店の奥さんがひとりで店番をしている。

「奥さん、長いあいだ会っとらん気がするね。もう、一週間くらい」

「わはは、ちょうど一週間前に会ったでしょうが。フミャアキちゃん、元気そうで」

「元気、元気。死んでしまうほど、元気よ」

「あら、今日は息子さんも？」

「そうなんよ、本日は、うちのプリンスをお連れしました」

「プリンス？」

奥さんが笑いながらこっちを見る。ぼくが気の利いたあいさつをするんじゃないかと期待して。

「あ、あ、あの、あの……」

しどろもどろになっていると、フミャアキが電話で受けた注文メモを読み上げ始める。

「さきいか二十、イカクン二十、マグロ十、カワハギ十……でよろしい？」

「はいはい。そうです」

「それでは、プリンス、お願いいたします！」

フミャアキはぼくに、酒のつまみを持ってくるよう指示する。ぼくはギャグには反応せず、ハイエースに戻ってメモの通りに「味、抜群！」の紙を貼った酒のつまみを数えていく。

そのあいだにフミャアキは、奥さんと一緒に工場から送られてきたばかりの試作品を食べている。

「ああ、こういう子供からお年寄りまで食べられる商品がええわ」

「剣先スルメを食うて、後藤のじいさんは入れ歯が折れたって言うとったのう」

「うちの人も歯の詰め物が取れたし、ははは」

酒のつまみ業界では、軟らかいものが人気になりつつある。

「朝食に米はいただいたので、麦をいただこうかな」

フミャアキはどの酒店でも、自由に冷蔵庫を開けて好きな酒を飲んでいい約束になっている。

「わはは。毎週、同じことを言うて飲むんじゃけ」

缶ビールを取り出すと、その場でプシューッと開けて一気に飲み終える。

「プハーッ、また来週！」

入店時と同じくらい威勢よく言って、店を出る。休む暇なく次の店へ移動する。

酒店を出ると、車内は静かになった。

出先では、陽気で愉快な人として通っているフミャアキだが、車の中では仏頂面で、会話はほとんどない。

急にフミャアキが「いすゞ」と言う。ぼくは「日産」と言う。しばらくして反対車線を白のセダンの後ろから走ってきた大型トラックは「いすゞ」だった。フミャアキの勝ちだ。

トラックの走行音が遠ざかり、また車内は静かになる。

今度はフミャアキが「ふそう」と言う。ぼくは「日野」と言う。県道のカーブを曲がってきた中型トラックは「日野」だった。ぼくの勝ちだ。

こんなゲームくらいしか、やることがない。

二人とも視力が良く、遠くから来るトラックの形状を判断する能力は互角だ。

ぼくは学校の視力検査では、2・0の○の欠けている方向が廊下からも判別できるため、十月の健康診断表には「視力：左2・5、右2・5」と書かれていた。教室の前のほうの席だと黒板が近すぎて文字に焦点が合わないため、後ろに座らせてもらっている。フミャアキは自称・視力3・0だ。

競うように豆粒程度のトラックに焦点を合わせていたら、ふと視界の端に、まるで止まっているのかと思うくらい、ゆっくり歩く老婆の姿が飛び込んできた。

ぼくはフミャアキには黙っていた。

フミャアキは、常軌を逸した世話好きだ。困ってる人を見つけるとじっとしていられない。

老婆に気づいたら、きっとフミャアキは車を停めて老婆の話を聞くだろう。そして、どこかに連れていってあげたり、荷物を運んであげたり、店番をしたり、農作業を手伝ったり、祭りの神輿をかついだり、相撲の番付表を配達したりするだろう。

その度に手伝わされるのは、ごめんだ。

「フミャアキがおばあさんに気づいても、どうかカカシだと思いますように」

願いむなしく、フミャアキはハザードランプを点滅させ、ハイエースを老婆に横付けした。

ぼくの体の前に左手を伸ばし、ウインドウを手回しで開ける。

「おばあちゃん、どこへ行くの？」

「病院。日赤よ」

あいにく庄原赤十字病院は逆方向だ。

「じゃったら、連れてってあげるわ、通り道じゃけ」

「えっ？」

ぼくはあからさまに不満げな表情をフミャアキに見せた。

「おいタカシロー、後ろに行け」

「後ろは、荷物でいっぱい」

「ダンボールを重ねりゃ、すき間ができるじゃろ」

しぶしぶ助手席を老婆に譲り、ぼくは後ろのドアを開ける。ダンボールを天井まで重ねてすき間を作っていると、外からドアを閉められて、車は急発進する。

「まだ座っとらんよ！」

前後左右にゆれながらやっとスペースを作り、体育座りで座る。クッションがなくてお尻が痛い。ダンボールで囲まれていて、外の景色も見えない。フミャアキと老婆のボソボソした会話も、内容までは聞こえてこない。

二十分くらい走って車は停まる。日赤に着いたらしい。ダンボールを重ね直して通路を作ってドアまで進み、ようやく外に出る。

「お金は、取るところから取るけ、いらんいらん」

財布を出した老婆に対して、フミャアキが言って立ち去るところだった。ぼくは「取るところなんて、どこにもないじゃないか」と心の中でつぶやいて、また助手席に座る。

「さあ急ぐぞ」

フミャアキはアクセルを踏み込んで、来た道をぶっ飛ばして戻る。

次のお店でも、そのまた次のお店でも、フミャアキは手のひらで頬を叩いてから入店し、行く先々でアルコールを補充した。

「そろそろ、米をいただきましょう」

「たまには、芋をいただきましょう」

同じギャグを言いながら。

大安吉日だと個人宅にも届け物がある。結納セットだ。結納品の中には、スルメとこんぶとかつお節が入っている。それぞれ「寿留女」と「子生婦」と「勝男武士」と当て字をして、夫婦の円満と繁栄を願う。それに目録、熨斗(のし)、水引飾り、扇子などを加えた結納セットは、どこの乾物屋でも売れ筋商品だ。「あそこの結納セットは縁起がいい」という噂が口コミで広がっていくので、仲人さんの知り合いがいればいるほど良い。

うちはトミエが仲人オタクで、百組以上のお見合い結婚の仲人を務めている。そのたびに結納セットを売りつけるのだから、一種のマルチ商法のようにも思える。

結納セットをデリバリーした先では、もれなく日本酒をいただく。

「盃に口をつけるのは、礼儀じゃ」とグイグイ飲み干していく。

正午が近づいて、ぼくは腹が減ってきた。フミャアキは元運転手だけあって、ドライブインの位置と、立ちションできる場所に詳しい。見逃してしまいそうな、街道沿いの小さなドライブインにスッと入った。

フミャアキは店内を見渡して、チャーシューメン一杯と瓶ビールを頼む。

「ちょっと、くれ」

そう言って、フミャアキはチャーシュー一枚と麺を三本すする。どんぶりをぼくに返すと、サッポロと書かれたグラスに、キリンビールを手酌で注ぐ。

店内には、ナナハンのポスターや、ホンダ・ヤマハ・スズキ・カワサキという四大バイクメーカーのロゴのステッカーがところせましと貼られていて、それらをフミャアキは興味なさそうに見つめながら、しかめっ面で黙ってビールを飲んだ。

「麦をいただきましょう」と冗談を言わないから、店内に知り合いがいないらしい。ぼくもひっそりとチャーシューメンをすする。

警察の交通課が取り締まりを始める四時までには帰宅しないといけないから、二時半に最後の取引先を出発して帰路につく。

オガ炭工場の先を左に外れて下りていき、「ひゅーいひゅーいの道」に差しかかった。南や西から帰ってくるときに必ず通る、フミャアキお気に入りの道だ。田んぼの脇の私道らしき、まっすぐな土の道で、耕うん機や田植え機が通って固くなっており、三つの用水路を越えるところがゆるやかな山になっている。

「行くぞおー！」

フミャアキがアクセルを踏み込む。時速一四〇キロに達すると車体はガタガタ揺れて、用水路を越えるときに三回続けて宙に浮く。

「ひゅーい、ひゅーい、ひゅーい！」

ジャンプしながら、フミャアキは絶叫して大喜び。

「キンタマの後ろがゾワゾワーってするのう」

対してぼくは、シートベルトをぎゅっと強く握りしめて、息を止めてやり過ごす。

フミャアキは、車内に舞う土ぼこりで咳き込むぼくを哀れむように見た。

「怖かったか」

「まあ、ちょっと」

二度と通らないでほしい気持ちをやんわりと伝えたつもりだったが、そんな婉曲な表現は通じない。明日もきっとこの「ひゅーいひゅーいの道」を通ることになるだろう。

自宅に着くと、外のガラス戸が、もわっと蒸気でくもっていた。チャコさんがストーブで出汁を取っているのだろう。一日ずっと曇り空で、気温が上がらなかった。

店に入るとセンサーが反応して、ザ・ビートルズ「レット・イット・ビー」のインストゥルメンタルのチャイムが流れた。座って袋詰め作業をしていたチャコさんが、手を止めてこっちを見る。

「おかえり」

丸い石油ストーブの上に置いた鍋から、いりこと昆布の混じった香りが店先にただよっている。

きっとトミオは小部屋に閉じこもっていて、トミエは日舞か俳句か詩吟で留守だ。

チャコさんは集金してきたお金を数え、フミャアキは明日の注文の確認をして、補充商品をハイエースに積み込む。

そのあとフミャアキは車を置きに行く。わき見の前のT字路を右に曲がったところにトタン屋根付きの車庫を借りていた。引っ越してきたばかりの頃は、よく車庫まで一緒に行って、肩車してもらったり競走したりして帰ってきたものだが、このところ車庫に行くことはない。

なんとなく、フミャアキと二人でいるところを近所の人に見られたくない。

ぼくは靴を脱いで家に上がると、誰もいない奥に向かって声をかけた。

「ただいまー」

洗面台で手を冷水で軽く流し、そのへんにパッパッと振ってしずくを飛ばす。

「こたつは、さっき炭を入れたばっかりじゃけ、まだあったこうないよ」

店からチャコさんの声が聞こえる。

「わかったー」

ぼくは冷え切った脚をこたつに突っ込む。ヘリコプターのドアを開けて空に脚を放り出したような、よりどころのなさを感じる。

フミャアキがカップ酒を片手に帰ってきて、テレビをつけて寝転がる。ぼくと同じように、こたつに両脚同時に突っ込む。

「おお。早う、あったこうなれ。早うせい、早うせい」と、炭まで急かしていた。

まもなく四時だ。大岡越前が始まる。

この前、みっちょのお父さんが夜七時過ぎに帰宅すると聞いて「働きすぎ」と心配したら、みっちょのお母さんが普通よと言った。もしかしてうちは普通じゃないのかもしれない。

フミャアキは、ほろ酔いで半分うたた寝しながら大岡裁きを見とどけると、さっさとひとりで一番風呂に浸かる。

茶色のタートルネックと、グレーのスラックスに着替える。配色が違うだけで、ぼくには仕事着との差があまりわからないが、飲み会にお出かけする格好らしい。鼻唄は、さっぽろ雪まつりのテーマ曲だ。ぼくも昼間にビールのグラスの文字を見て以来、頭に同じ歌が流れていたところだ。

〽すきですサッポロ　すきですあなた
　すきですサッポロ　すきです誰よりも

フミャアキはうれしそうに、

「あれ、今日はなんの飲み会だっけ?」

と長靴を履きながら言う。

フミャアキは、数えきれないほど多くの町内や地区の委員や役員を務めている。小学校PTA会長、保育園PTA会長、商工会議所、青年会、地区会、草野球チームキャプテン、少年野球の監督、消防団、神社の氏子の集まり、寺の檀家の集まり、地元出身の力士の後援会、地元出身の陸上選手の後援会、夏祭りの実行委員、ふるさと祭りの実行委員……それに加えて、結婚式や葬式があるから、大げさではなく、週に七日は飲み会や宴会が入っている。

「ま、いいか」

フミャアキは、飲み会の内容もメンバーもわからないまま、モスグリーンのニット帽をかぶって、会場となる仕出し屋の二階へ出かけていく。

＊

ふもとは晴れていたのに、ゲレンデの中腹まで来るとふぶいてきた。ゴーグルにはシャーベット状の雪が重なって凍りつき、のぞき穴程度の視界しかない。

ぼくとフミャアキは奥備後スキー場に来ていた。

自宅の裏山のキャンプ場を転用したスキー場は小規模だが、町内にはリフトが数基ある大きなスキー場が三つあって、ここもその一つだ。ぼくは冬になると毎週末欠かさず、フミャアキに付き添って、各スキー場を回る。

ふもとのホテルや民宿を回り終えると、商品を載せたスノーモービルにフミャアキと二人乗りして、ゲレンデを逆走していく。スキーヤーが猛スピードですべりおりてくる中を進んでいくと、まるで正義のヒーローになったような気がした。視界のせまさも、凍える寒さも、行く手をはばむ悪の組織の差し金のように思える。

ゲレンデのスピーカーからは、学校の掃除の音楽と同じインスト曲がエンドレスで流れている。中腹の第二リフトと、さらに上へ行く第三リフトのあいだに、食堂と宿泊を兼ねたロッジが五軒並ぶ平らなエリアがあり、一軒一軒をめぐって、酒のつまみ・海苔などを卸して回る。お昼には、ぼくとフミャアキはそれぞれ別のロッジの手伝いをした。ぼくは国鉄の経営するロッジ担当だ。

食堂のメニューは、カレーとチャーハンと中華そばと親子丼の四種類しかない。どうにか調理場は回せるけれど、それを席まで運ぶ人手が足りない。

「〇〇番の番号札をお持ちの方いらっしゃいますか」

声を上げて、座っている場所を確認してから、注文の商品を持っていく。

食堂は「こどもスキー合宿」の宿泊客であふれている。歳の近い子供に料理を持っていくとき、恥ずかしいような情けないような気持ちになる。臨海学校で行った海の家で働いていた男の子に、「皿は自分で洗うよ」と話しかけて驚かれたことを思い出す。

ロッジを手伝い始めた四歳の頃は、カレーを一つ一つ重そうに運んでいると、みんなに「ありがとう」と感謝されてチヤホヤされたものだが、近頃さっぱり言われない。「カレーが薄いぞ」とクレームを言われることが多くなった。もう幼さが通用しない年齢になったのだ。実際に、午後一時を過ぎるとカレーは水で薄めているので、言われても仕方ないのだが。

レストランを手伝っていると、スキーヤーの見分けができるようになった。第三リフトの上級者コースのゲレンデをロッジの真ん前まで猛スピードですべってきて、これ見よがしに雪を散らしながら足をそろえてシャァァーと止まる奴は、注文のときに命令口調で「おい遅いぞ」とか「こっちは客だろ」とか言う。小学生にまで、俺はすごいんだぞと見せつけたい人間なのだ。

醜い生き方は醜いすべり方に表れる。

午後二時を過ぎ、レストランのカレーもこれ以上薄められないほど水に近くなって、手伝いは終わる。やっとありつける昼食は、その薄いカレーだ。バイト代はくれないが、その代わりにスキーセットを貸してくれる。

「下まですべっていっていいぞ」

ロッジの人が言ってくれる。スキー場のどの係員も、フミャアキの息子の顔を知っていた。ぼくが上で働いているのも知っているから返しておいてくれるというわけだ。

ゲレンデに出て、スキー靴と板を履いてみる。誰もすべり方を教えてくれない。小さな子が板を「ハの字」にしてすべるのを見て、真似しながら、何度も転びながらすべりおりる。

こんなふうに週末にスキー場に行って何回かゲレンデを転びながらすべった経験があるだけで、突然スキーの県大会に出場することになった。

フミャアキがロッジで酔っ払って勝手にエントリーしてしまったのだ。地元にスキー場はあるものの、広島県全体ではスキー人口が少ないから、エントリーしたら地区予選をすっ飛ばして、いきなり県大会なのだ。

大会は隣り町のスキー場で行われた。ぼくがロッジでカレーやラーメンを給仕した子たちが、たくさん参加している。

「地元の子はさぞかしスキーがうまいんだろう」

そう思っているに違いない。逃げ出したい気持ちになる。ぼくみたいに、貸出し番号が書かれたレンタルの板と靴で来ている子はいない。

小学生高学年の部は五十名ちょっと参加していて、ぼくのゼッケンは三十八番。三十九番は、幼い頃からのスキー合宿の常連で、尾道に住んでいる佐々木ってやつだ。

「大滑降」は「滑降」に比べて、旗と旗の間隔が広く、距離が長いのが特徴だ。

スタート地点は、リフトのない山道をかなり登ったところで、スキー板をかついで歩いていっただけでクタクタだ。滑走距離はゲレンデ三つ分くらい。スタート地点から最初の旗までの傾斜がきつく、出発直後がもっとも難しそうなコースである。

森林組合の渡部のおっちゃんが、大会のタイム計測の手伝いに来ていた。上ちゃんより年上だが、上ちゃんの部下にあたる。

「最初の旗までまっすぐ降りると危ない。格好悪くても、S字にクネクネ降りていけや」

そうアドバイスをくれた。

最初の十人くらいまでは、雪と風で視界がはっきり見えない上に、コースに雪が積もってすべりにくそうだったが、そのあと一気に晴れた。前の人がすべった部分が溶けて氷になり、二十人目くらいからは逆に、ジョリジョリッと音をさせて転倒してしまう子が続出する。こんなにコンディションが激変するなんて、タイムは運次第じゃないか。

前の選手がゲレンデを二つ越えて、最後の急斜面に差しかかるときに次の選手がスタートする。三十七番の選手がすごい速さで見えなくなり、ザッザッという音だけが山にこだまして響く。いよいよぼくの番だ。転げ落ちそうになるので、スキー板をこれでもかというほど「ハの字」にしてスタート位置に立つ。

ピーンと電子音が鳴った。

ぼくがゆるゆるとすべり始めると同時に、後ろの佐々木がスタンバイする。ぼくは急に、S字にクネクネ降りていくのが恥ずかしくなって、まっすぐ旗に向かっていった。

傾斜がきつく、初めの旗を越えてすぐよろけた。体勢を整えようと右の板を上げると、左の板が急加速して流される。二番目の旗のポールに正面から激突した。

テレビで見ている分にはそう見えないけど、ポールはものすごく硬い。顔面から股間に向けて縦一直線に激痛が走って、ポールがゆがんだ。そのままガックリ前に倒れ、顔が雪に埋まる。スキー板が外れず、スキーの先を雪に差し込んだまま両脚が宙に浮いた状態で止まった。

醜い生き方は醜いすべり方に表れる。

渡部のおっちゃんの言うことを聞いておけば良かった。旗と旗のあいだを通る必要があるので、斜面を戻ってすべり直す。

そのあとは、みんながすべるコースとはまったく違う、オリジナルの細かいS字をクネクネと描きながら降りた。最後のゲレンデに差しかかり、後続の佐々木がスタートしたのがわかった。

ゴール手前まで来たとき、

「三十八番！　三十八番！　後ろから来てるので急いでコースから外れて！」

スキー場じゅうに響き渡る大音量で、アナウンスが流れる。しばらくどういう意味かわからなかったが、三十九番の選手の記録のほうが大事なのだと察して、ぼくはあわててコースから外れる。まるで救急車を先に行かせるために、路肩に停車するように。

佐々木は、ぼくを横目で一べつして、さっそうとすべりおりていく。

シャァァーと雪を散らして止まる音がゴール地点から聞こえると、ぼくは打ちひしがれてコースに戻り、クネクネとS字を描きながらゴールした。

表彰式には、出場者全員が参加しなくてはならず、下を向いてふてくされていたら、突然名前が呼ばれた。

「見る人が見て、秘めた才能が評価されたのだろうか」

ドキドキしながら表彰台に上がると、「ブービー賞」と書かれたメダルを首にかけられた。

メダルは切り株でできている。

金、銀、銅、ずっと離れて、木。よりによって、木。

ブナかなんかの広葉樹の切り落としだ。そこらじゅうに落ちている。みじめだった。四人並んで写真を撮られるが、金メダルの佐々木のほうを見ることができない。

どこからかフミャアキが両手に缶ビールを持ってやってきて、ぼくの肩に缶を当てて、うれしそうに笑いながら言う。

さっきのアナウンスが、ドリフの四人コントのように、頭の中をリフレインしていた。

「三十八番！　三十八番！」

ぼくはそっと木のメダルを首から外して、両手で持って隠した。

「参加することに意義がある」

＊

校庭の椿が咲いて散り、梅が咲いて散った。

日当たりのいい道から順に雪が溶けて、裏山もスキー場じまいをした。

男子たちは競い合うように、春休みに自転車で遠出する計画を立てている。クリスマスプレゼントやお年玉で、六段変速ギアチェンジ付きの自転車を手に入れていて、冬の終わりを心待ちにしていたのだ。

一六キロ離れたレコード屋と本屋をめぐるチーム、五〇キロ離れた映画館まで兄弟で遠征するチームなど複数のグループに分かれていたが、ぼくはというと、フミャアキがどこかでもらってきた補助輪付きの自転車しか持っていないため、遠出しない残ったメンバーと遊ぶことにした。

春休み初日は、八時半に牧子の家に行って、牧子のマンガを読んでだらだらして、十時になったらテルくんがうちに来て、テルくんのマンガを読んでだらだらする予定だ。

スキップしながら駅前の牧子の家に行くと、中学で理科の先生をしているお父さんが家にいた。

マンガの代わりに、折り紙の本と新品のカラー折り紙セットが、机の上に置いてある。

「タカシローくん、おはよう」

「おはようございます」

「マンガはダメじゃ言うたら、牧子は自分の部屋にカギかけてプリプリしとるんよ」

「そうなんですか」

「まあ、そこに座って。お茶でも飲みんさい」

ぼくは、お父さんと差し向かいで座った。

「いやー、昨日は校長の送別会じゃったけ、二日酔いじゃ」

「二日酔いには、迎え酒が効くんでしょ」

「迎え酒？」

「はい。大人になったら、迎え酒を飲むんでしょ」

「ははは。ダメダメ、そんな大人になっちゃあ」

ない。

余計なことを言ってはいけない。ひとり娘の牧子の将来を心配するお父さんに嫌われたくない。

「いや、そういうわけでは……」

「お父さん飲んどる？」

「え、そうなんですか」

上級者のページに載っている「たぬき」「ドラゴン」「キキョウの花」と、あまり作り慣れないものを順番に折っていった。いっこうに牧子が部屋から出てこない。

「今日は帰ります」

三十分ほどで気まずくなり、サシ飲みを辞退して玄関を出る。庭に残った雪の下に紫の小さな花がいくつも咲いている。今日の陽気で、雪も溶けるだろう。

門までの飛石を踏んで戻りながら、さっきの「ダメダメ、そんな大人になっちゃあ」というセリフを思い出した。フミャアキは「そんな大人」なのか。春休みの浮かれ気分に、水をさされてかなしかった。

家に帰るとチャコさんがうれしそうだ。

「本日は、なんと、昼があられパーティーで、夜が白菜パーティーです」

二つのパーティーが重なる機会は滅多にない。これまでならバンザーイとはしゃぐところだが、牧子のお父さんの言葉を引きずっていたぼくは、ああそうとクールに答える。

あられパーティーとは、売れ残って湿気たあられを家庭内で消費するイベントで、不定期に開催される。フミャアキの「あられは米でできとるけ、お茶漬けにしたらええ」という言葉から始まった。好きなフレーバーのあられを選び、茶碗に入れてお茶を注ぎ、皿で約一分フタをしてふやかして食べる。

しお味・しょうゆ味・うめ味・ごま味・みそ味・しょうが味……あられはバリエーションが豊富で、飽きることがない。砂糖を一つまみ入れると、味に変化がついておいしい。きざみ海苔や、鶏肉のそぼろを入れて豪勢にいただくこともあり、あられ茶漬けは、わが家の自慢料理の一つだ。

白菜パーティーのほうは、週に一度、夕食のおかずが白菜だけになるイベントだ。

八代亜紀好きのヒラちゃんが元々付き合いのあった農家から、白菜を安くゆずってもらって、いろんな味付けで大量に食べる。茹でたり、焼いたり、炒めたり、浅漬けにしたりした白菜を、マヨネーズ、醤油、味噌、胡麻油、一味唐辛子などでいただくという、白菜好きが狂喜乱舞する人気イベントだ。

十時にはテルくんが「マンガはダメじゃと言われた」と手ぶらで遊びに来たので、うちに唯一あった「忍者屋敷ゲーム」というボードゲームを何度もやる。伊賀・甲賀・風魔・根来の四つの忍者の派閥から一つを選び、集団で屋敷に忍び込んで、天下統一のカギをにぎる巻物を奪うゲームだ。

縄抜けの術で地下牢を抜け出し、マキビシでかく乱しながら、下級武士を討ち殺し、巻物を強奪して、屋敷に火を付ける……連続する闇犯罪のオンパレードだ。

物騒なゲームに疲れて、おなかが空いてきた。

「あられ茶漬け、食べていかない？」

「ママに聞いてくる」

テルくんはす向かいの家に帰っていき、すぐに電話がかかってきた。テルくんのお母さんからだ。

「お誘いありがとう。でもお昼作ってしもうたんよ。タカシローくんの分もあるけ、一緒に食べん？」

「え？」

あられパーティーは楽しみだが、ぼくは頼まれたらNOと言えない性質だ。あられは、夜に白菜と一緒に食べてもいいと思い、ぼくはテルくんちに出かけた。

「ようこそー」

出迎えてくれたテルくんのお母さんは、平仮名で「ぴ～ぷる」と刺繍してある、えんじ色のエプロンをしている。

ダイニングは洋室だ。波型のビーズのれんをくぐって入室すると、大きなクリスタルの花びんが、一輪の花も挿さずに白いレースの敷物の上に置いてある。椅子に座って食事するなんてドライブインみたいだ。

「今日のランチは、マカロニグラタンよ」

白い平皿の上に、小さな花がたくさん描いてある深い皿を載せて、食卓に持ってきた。

ぼくはグラタンというものを食べたことがない。家にはオーブンがないし、洋食屋で外食する機会がない。フォークが置かれているが、どうやって食べればよいかわからない。白い平皿の用途もわからない。

テルくんかお母さんの真似をしたいのに、二人は、ぼくが食べ始めるのをニコニコして待っている。

「いただきまーす」

このトロトロの部分をフォークですくうのかな。顔を近づけて、色の変わった部分をごっそり口に入れてみる。

「あつつっ!」

トロトロの部分をぜんぶ吐き出して、せき込んだ。薄いブルーのテーブルクロスに、白茶色のシミが広がっていく。

豆腐だって、そうめんだって、ヨーグルトだって、アイスクリームだって、白いものはだいたい冷たいイメージだ。なんとなくグラタンも熱くないと思うじゃないか。

テルくんのお母さんは、そんなぼくを優しく見ている。

「テルヨシに聞いたけど、お昼にあられを食べる予定だったんだって？」

まるで雨に濡れた小犬を哀れむような目だ。

「グラタンは初めて？　いつでも食べに来てええよ」

今夜の白菜パーティーのことまで、この人にさとられてはいけない。

「初めてじゃないです」

「うん、何？」

「初めてじゃないです、グラタン」

なぜそんな嘘を言うのかはわからない。本能だ。喉が勝手に動く。

「あ、そう」

テルくんのお母さんは興味を失ったように、ヨックモックの空き缶からボンタンアメを取り出して口に放り込んだ。

＊

「今日は火曜日よー」

大岡越前の途中で地元の銘菓のＣＭが始まると、店からチャコさんの声がした。

「おう、忘れとった」

そう言ってフミャアキはグラスに残ったビールを飲み干し、野球のユニフォームに着替え始めた。地元の少年野球チーム「リトルズ」の監督を務めているフミャアキは、冬が終わると、火曜と木曜の放課後に小学生相手に練習をする。

出かけていこうとするフミャアキが、さり気なく、ぼくに聞く。

「おまえも野球やりたいか」

とうとう来た。この春休みが終われば五年生だ。少年野球を始めるには、そろそろ最後のチャンスだ。左利き用の青い新品のグローブが、押入れの見える位置にそっと置いてあるのに気づいていた。

「まだ、いい」

ぼくは答えを先延ばしにした。本心を伝えると、フミャアキを傷つけるだろう。テレビコマーシャルを見ているふりをしたが、内容など頭に入っていない。

「そうか」

フミャアキは納得いかないような声を出して、ふらついた足取りで庭のほうから出ていった。徒歩でグラウンドに向かうには、裏の貨物の線路を渡っていくのが近道である。外は、羽虫のような春の雪がちらついていた。

フミャアキの酩酊ノックは有名だ。

「千ぼんノック、いく、でー」

シンちゃんが学校で、よくフミャアキの物真似をする。空振りするときもあれば、フライになったり、イレギュラーなバウンドをしたり、ホームランになるときもあるらしい。

少年野球の練習が終わったフミャアキは、山さんこと山元豆腐店さんの車で帰ってきた。

「ノックでホームランを打ったら練習にならんわ、ははは」

リトルズのキャプテンを務める山さんの息子ミノルくんも、車から顔を出して大笑いしている。

「おまえの父ちゃん、ほんまにおもろい」

他の少年がフミャアキを高く評価するたびに、ぼくは肩身がせまい。いまさら「ぼくは野球をやりたくない」と言いだせない。

フミャアキは楽しそうにユニフォームを脱ぎ捨てると、固く絞ったフェイスタオルで体を拭いて、いつもの、よそ行きの格好に着替える。今日もどこかで飲み会だ。

しかしカープの試合があると、飲み会から早めに帰ってきた。

カープが勝つと、ニコニコと上機嫌で、「おうおう、プリンスさん、欲しいものはないですか？」と聞いてくる。何を頼んでも、結局買ってくるのは、デコトラのプラモばかりだったけど。

同級生がガンダムのプラモに熱中しているのを横目に、ぼくは七色に輝く「夢泥棒」「浮草暮らし」「流転人生」などのシールを、ミニチュアのトラックに貼った。

問題は、カープが嫌な負け方をしたときだ。

飲み会から帰るなり、家の中をウロウロ歩き回り、とにかく物を捨ててしまうのだ。

「これもいらん！　あれもいらん！」

庭に置いてあって、いまやゴミ箱として使っている漬物用の大きなポリバケツに、本とか、食器とか、一、二回履いた靴下とかを、ポンポン放り込んでいく。

今年はまだプロ野球は開幕していないが、オフシーズンに入ってすでに二回フミャアキは激怒している。

もうこれ以上何も起きませんように。家の中の食器や本やおもちゃがどんどんなくなっていく。ぼくが楽しく平和に生きるための必要条件はカープのグッドニュースだ。

フミャアキが出ていったあと、夕飯を食べながら七時のローカルニュースを見ていると、スポーツコーナーで速報が流れた。

「高橋慶彦選手がオープン戦の練習中に怪我。開幕スターティングメンバー入りは絶望的」

急いでユキはお気に入りの人形を、押入れの布団のあいだに隠す。チャコさんは、作成途中の「アルルの跳ね橋の裏面」を和服ダンスの一番下に隠す。ぼくも何か隠さなくてはと右往左往していると、案の定、激怒したフミャアキが戻ってくる。

「クッソ馬鹿たれがー!」

大股で歩きながら両腕を上下に揺らして怒っている。誰に向かって怒りをぶつけているのかわからない。

「歌なんか出して調子に乗りやがって、夜の盗塁王じゃなんじゃと、そげなことを抜かしとるけ、こげなことになるじゃ。おい、こんなもん、いらん!」

苦心して完成させた七台のトラックが、ぜんぶ外のポリバケツに投げ込まれる。一つ一つ順番に強く叩きつけられ、ポリバケツの中で部品が飛び散る。男一匹夢街道のシールが破れて光る。ぼくたちは嵐がおさまるのを黙って見守った。

フミャアキは少し気分が落ち着いたのか、肩で息をしながら、また飲み会に戻っていった。

ヤケ酒になって二次会・三次会と流れるコースだろう。わき見か、白樺か、体力が残っていれば山元豆腐店の二階で花札をしてから、明け方近くに帰宅するだろう。

夜中にギシギシッという床のきしむ音で目覚める。時計を見ると三時を過ぎている。フミャアキが泥酔して家に帰ってきたところだ。

「おいあるじが帰ったぞ！」みたいな亭主関白なそぶりは見せない。

帰ってくると無言で裸になり、チャコさんの布団に入り、毎晩恒例の儀式が行われる。テレビの上の今年の干支の置物が左を向いている日だけ、その儀式は行われない。

ぼくが寝たふりをしていると、おごそかに十五分くらいで儀式は終わる。フミャアキはトイレに行きパジャマに着替え、押入れから半分だけ布団を出して敷く。

五秒もしないうちに例のいびきが響き始める。

＊

春休みの終わりのことだ。

「リョウちゃんが明日の夕方に遊びに来るって」

電話を切ったチャコさんが、困った顔でフミャアキを見た。

リョウちゃんは、フミャアキの兄キヨシの息子で、ぼくのいとこにあたる。フミャアキは心配そうに答えた。

「どうやってくるって言いよった？」

「なんかよくわからんけど安く来られる方法があるらしいよ」

「駅に住んどるけ、そういう情報は詳しいよのう。どんな格好で来るんじゃろうか」

「風呂には入ってきてって言ったけど」

「そうじゃの。ここらじゃ目立つじゃろうけ」

「近所の目もあるし」

ぼくは桜の開花予想のニュースを見ながら、気軽な気持ちで聞いた。

「リョウちゃんって、どこに住んどるん？」

「横浜駅よ」

ぼくは聞き直した。

「横浜駅って、駅？」

「ほうよ。駅の構内で寝泊まりしとるんじゃ。そっから大学に通うとるんじゃと」

「なんで？」

「人は家賃のために生きるのではない、と言うて、借りとったアパートを出たんじゃと」

フミャアキが、小馬鹿にするように鼻で笑った。

「ほんまに、あいつは変わり者じゃ」

翌日、リョウちゃんは茶色のスーツの上下を着て現れた。

岡山県の新見駅で芸備線に乗り換えるあいだに銭湯に寄ったらしく、話に聞いて想像していたよりはさっぱりしている。ただ髪とヒゲは伸び放題に伸びていて、まるで落武者のようだ。ゆりに一緒に散髪に行くことになる。

「まあ、リョウちゃん、すっかり髪が伸びてー」

「ゆり子さん、十年ぶりなのに俺のこと覚えてる？」

「覚えとるよ。ちょっとした事件があったけ」

「ああ」

リョウちゃんは、もみあげを鋭角に剃り落としたテクノカットにされながら、ぼくのほうを向いて真面目な顔で言った。

「そのことで、タカシローにあとで話がある」

すっかりいまどきの大学生になったリョウちゃんは、帰るとすぐに、ぼくを二階の倉庫に呼び出した。

「そのキズ、ごめんな」

扉を閉めながら、両目のあいだの部分を指した。

「このキズのこと?」

たしかにぼくの鼻の根元には、横一文字にキズがある。フミヤアキやチャコさんにキズの理由を聞いても「迷子になったとき鼻にキズがある子を捜せばいい。目印があって良かった」と、はぐらかされる。

「俺が、いまのタカシローと同じくらいの年だった」

リョウちゃんは、暗い倉庫でポツリポツリと語り始めた。おそろしい怪談話が始まる気がして、ぼくは唾を飲んで身構える。

「夏休みに、じいちゃんばあちゃんに会うためにひとりで帰省してきてた俺は、フミヤアキちゃんと一緒に、生まれたばかりのおまえを、『高い高い』してあやしてた」

「ゆりの二階で?」

「そう。で、あまりにタカシローがキャッキャッと喜ぶから、野球のキャッチボールみたいに、上に放り投げたり、回転して投げたり、布団ギリギリのところでキャッチしたりしてた」

ぼくは、顔がこわばる。

「それをチャコさんに見せようと、布団から食卓のほうへ移動してきたときに俺は手がすべって、炊飯器の上におまえを落としてしまった。炊きたてのごはんの入った炊飯器のフチが鼻の根元にめり込んで、おまえはウギャアと泣きだした」

胸のあたりがひやっとして、ぼくは反射的にキズ痕を手でふさぐ。

「まだ覚えてるよ、あの泣き声を。すぐにチャコさんが抱き上げてくれたけど、なかなか血が止まらなかった。下からゆり子さんも上がってきて、おまえの体を起こして血が目に入らないようにぬぐったり服を脱がせたり、大騒ぎになった」

リョウちゃんは十年前のことを丁寧に思い出してくれた。だんだん語り口が熱っぽくなる。

「俺は責任を感じて、キズは一生残るのかって聞いた。フミャアキちゃんとチャコさんとゆり子さんは、懸命におまえの手当をしながら言葉をかけてくれた。

迷子になったときに目印になっていい、鼻の根元にキズがある男の子を捜せばいいから、キズはあるほうがいい、ってね。

そのうち出血が止まって、おまえは泣き疲れて寝始めた。だんだん俺も元気が出てきてみそ汁をもらって食べた。みそ汁の具が豆腐とタマネギだったこと、いまでも思い出せるよ」

リョウちゃんは、背の低いぼくの視線に合わせるようにしゃがんで話をする。うちの家族には、こんなにまっすぐ目を見て話す人はいない。

「東京に帰って俺は考えた。いや、自分の子供にキズがあったほうがいいなんて思う親がいるはずがない。あれは俺をなぐさめるためについた嘘だとわかった。それからずっとタカシローにあやまりたいと思い続けてた」

「それを言うために来たん？」

「そうだ。どうしてもあやまっておきたかったから。でも大学受験があったり駅に住むことになったりして、なかなか時間が取れなくて、遅くなった。すまん」

「いいえ、正直に教えてくれてありがとう」

「フミャアキちゃんを責めないでやってくれ。悪かったのはぜんぶ俺だから」

「リョウ兄ちゃんを責める気はないよ」

いい大人が小学生相手にぼくを投げて遊ぶなんて。

「男はキズの一つくらいあったほうがいい」

ブランコで怪我したことが思い出される。あのときと同じように、鼻の奥のドライアイスが冷たい煙を上げ始める。

階段の下から、フミャアキの声がした。

「おいリョウ！　近所に行きつけの飲み屋があるけ、行こうやー！」

リョウちゃんは下に向かって答えた。

「はーい、すぐ行きまーす」

「タカシローは？」

「行かない。どうせ同じ話、聞かされるだけじゃけ」

もう長いあいだ、わき見には行っていない。

「そうか。フミャアキちゃんの話なら、何回聞いても面白いけどな。堅物のうちの親父と代わってくれたらと思うよ」

リョウちゃんは倉庫を出ていき、ぼくはひとり残された。

太陽は沈んで、青い闇が上から迫っているのが、窓から見える。

山と空の境目だけが、完熟柿色に染まっている。

「ダメダメ、そんな大人になっちゃあ」

ぼくは倉庫にいるイカや桜エビやいりこたちの視線を感じて、怖くなった。

*

新しい担任は、来年定年を迎えるおじいさん先生だ。

初対面から児童との距離が近くて、ガハハハとしゃがれ声で笑う。苦手なタイプの先生だ。

男子は一年間半ズボンで登校するように言われ、シンちゃんもテルくんも冬のあいだにすっかり白くなった脚を出して集団登校の列に並んでいる。

「ボロカスに打たれたねー」

シンちゃんが言った。そうなのだ。昨日フミャアキは、まさにその試合内容に激怒して、朝まだ帰ってきていない。

ちょうど登校の列がわき見の横を通り過ぎるとき、中からフラフラと出てきたフミャアキと鉢合わせた。

「学生諸君！」

酒臭い息で、ぼくらに向かって声を上げる。

「今日も一日、どうぞ勉学に励んでくださーい！」

列には、シンちゃんとテルくんの他に、牧子もいて、ぼくは顔に血が上って頬が熱くなる。

「タカシロー、給食はおかわりしろ！」

みんながどっと笑う。ぼくも苦笑いするしかない。

「タカシロー、ウンチは外でやってこい！」

ぼくは列を飛び出して走りだした。後ろにいた登園中のユキの「恥ずかしいけ、やめて」という冷ややかな声が聞こえる。

フミャアキは「あ、すいません」ととぼけた調子であやまっている。

ぼくはひと安心して、走るのをやめた。

「タカシロー、給食はおかわりしろ！」

シンちゃんがフミャアキの声真似をしながら追いついてくる。

「おかわりどころじゃないよ」

ぼくは五年生で一番背が低くてやせている。他の子に比べて食べる速度が遅いことは、同級生のみんなが知っている。

ぼくの給食費はなぜか二十円だった。月末に封筒に十円玉を二つ入れて提出する。

「一年間二百四十円で食べ放題じゃ。給食はおかわりしろ！」

フミャアキは真剣に言うが、ぼくは温かいごはんと冷たいおかずが口の中で混ざるのが苦手だ。納豆や豆腐が口の中で温まると気持ち悪い。おかずとごはんを別に盛ったのに、なぜ口の中で一緒にして食べなくちゃいけないのだろうか。

ぼくは三時間目の終わり頃から、プレッシャーでおなかが痛くなる。

「黒豆〜！」

みっちょだ。ぼくのことをそんなあだ名で呼ぶのは、みっちょしかいない。

「黒豆〜！　黒豆〜！」

叫び声がだんだん近づいてくる。

「みっちょ、黒豆って言うなや！」

牧子やユキが後ろを歩いていたので恥ずかしい。

みっちょは、ぼくと正反対で、背が高くて色が白くて顔が丸い。ギャフンと言わせるいいあだ名はないだろうか。満月とか皿しか思いつかない。シンちゃんがみっちょにささやいた。

「さっき、ウンチは外でやってこい、って言われとったで」

みっちょはニヤリとして、新しい呼び名を思いついた顔をする。

「それ、絶対だめ！　そのあだ名、禁止！」

ぼくは叫ぶ。

やせ細った野良犬が、そんなぼくをチラッと見て通り過ぎていった。

＊

フミャアキのいびきが聞こえない朝は忙しい。

目ぼしい行き先（わき見か白樺か山元豆腐店）に電話をし、フミャアキが酔って寝てしまった場合やお金が足りなかった場合には、出向かなくてはならない。

「タカシロー、お迎えお願い、山さんち」

「えー、今日は何曜日？」

「火曜日じゃけど、五月五日で休みでしょ」

学校が休みだと、ぼくがその任務を果たすことになる。

フミャアキは上ちゃんに借金をしたらしい。一万円札を八つに折って後ろポケットに入れ、ぼくは山元豆腐店の二階に向かう。

今朝は冷え込んで、山のあちこちに綿菓子のような薄い霧がかたまっている。

山さんちは、川沿いの貨物の鉄橋のそばにある。

鉄橋に並行した歩行者用の橋にも、濃い朝霧がかかっていて、霧の中を歩くと、水蒸気の粒が空に向かってゆっくり上昇していくようすがよくわかる。

山さんの家族は、店の奥の離れに暮らしていて、一人息子のミノルくんがリトルズのキャプテンを務めているのもあって、フミャアキとの付き合いは深い。庭には、黒・赤・青のこいのぼりが重なり合って寝ているように垂れさがっている。

「おはようございます」

のれんのかかっていない店に入ると、山さんがあくびをしながら豆腐を作っていた。きっと山さんも徹夜明けなのだろう。

「上におるよ」

札と札をぶつける、ペチンペチンという威勢のいい音が一階まで聞こえている。

上ちゃんも山さんも、フミャアキの花札仲間だ。

いわゆる「馬鹿っぱな」にローカルルールが加わったもので、七枚ずつ札を配り、場に出ている札と合わせて既定の役を作っていく。青短（牡丹・菊・紅葉の短冊）が「ムラ」と呼ばれてもっとも強く、この役ができると他の人がどの役をしても無効になる。フミャアキがデコトラに描いていたのも、この役だ。

柳のカス札は鬼と呼ばれ、トランプのジョーカーのように、どの札とも合わせられる。自分の役を作ることもできるし、他の競技者のねらう札を取って役を阻止することもできるため、大事にされる。

この花札は、正月には家族内でも行われる。

元日の朝にお年玉を渡されるとすぐ、フミャアキがコタツのやぐらを取って、正方形の合板を置いて賭場を作る。国道沿いの木工所に頼んで、掘りごたつの穴にぴったりの大きさになるよう作ってもらった合板だ。

「今年こそ、倍に増やせよ。真剣勝負じゃ」

口車に乗ったが最後、経験豊富なフミャアキにボロ負けして、もらったばかりのお年玉をすべて巻き上げられる。泣いても怒っても甘えても返してくれない。

お年玉で何かを買った覚えは一度もない。町で唯一のおもちゃ屋である川口玩具店が近くに（ゆりとわき見のあいだに）あるというのに、休み明けにオープンする一月四日までお年玉をキープできたことがなかった。

チャコさんも、花札のときは人格が変わったようになる。

「お母さん、失礼します！」

そう言いながらトミエのほしい役札を、鬼でどんどん奪い取っていく。花札の前には、嫁も姑もない。すべての人が平等だ。

豆腐店の二階に上がっていくと、遮光カーテンで朝陽をさえぎった和室の左半分で、ゲームが続いていた。蛍光灯が消えて暗くなった右半分にも、座布団が四枚敷いてある。点数計算に使った黒白の碁石が散らばり、ビールの空き缶が転がっていて、吸い殻が灰皿に山盛りになっている。

山さんが早朝の豆腐の仕込みを始めるにあたって、右の賭場はお開きになり、そっちの参加者たちは一足先に帰宅したということだろうか。祭りのあとの残骸がわびしい。

左の賭場に残っているのは、鶴田チップの若社長と、従業員の小野さんと、きこりの上ちゃんとフミャアキの四人だ。

「おお、来たか」

手前に座った上ちゃんがぼくに気づいて振り返った。一回のゲームに参加するのは三名で、手札の良し悪しを見て、親から時計回りに行くか降りるかを決めていくのだが、このターンでは上ちゃんは降りていた。

「一万円持ってきました」

「ありがと、ありがと」

上ちゃんは、ぼくから折りたたんだ裸の一万円札を受け取ると、真ん中を蛍光灯に透かした。隣りに座っているフミャアキが、すかさず指摘する。

「偽札を渡すわけないじゃろ」

「すまんすまん、つい癖で」

「タカシロー、ここに座って待っとけ」

小さい頃は上ちゃんやフミャアキのあぐらの中に座らされたが、いまは二人のあいだのやや後ろに座って、試合のようすを見る。フミャアキは、負けが込んでいた最悪の状況は脱したらしい。フミャアキの向かいに座った小野さんのほうが不機嫌だ。

「米子に新しくできたピザ屋知っとるか?」

誰に聞くともなく、上ちゃんが聞く。

「ああ、かまでオガ炭じゃなくて薪を使うらしい」

鶴田さんが答える。

「なんの木を使うんじゃろうか、アカマツか」

「いや針葉樹はヤニが出るけ、口に入れるもんには合わん」

今度は小野さんがぶっきらぼうに答える。小野さんは、木材を運ぶキャタピラー付きの重機を運転している。

「じゃあブナとかナラとか、広葉樹かの」

三人が材木関連の仕事をしているので、木に関する話題が多い。

上ちゃんが木を切って、小野さんが運んで、鶴田さんがチップ加工する。三人は時計回りにウッドチップの制作工程順に座っていた。

「わしの針葉樹もヤニがたまっとる」

フミャアキが言うと、どっと笑いがおきた。みんながぼくのほうをチラッと見るので、きっと子供に聞かれたくない類の話だということがわかる。

わき見でもよくある。「鍬で畑を耕やして肥料を入れた」「ひとりで槍を研いだ」と言うときは、子供の前なので隠語で話してるという態度を大げさに表明するので、下品なネタだとわかる。

最後のターンが終わって、精算となる。

上ちゃんのひとり勝ちだが、結局フミャアキの手元には一万一千円ほど戻った。元々財布にいくらあったのかは知らないが、チャコさんに怒られるほどではないようだ。空になった一升瓶を持って一階に降り、「世間が休みでもわしらは働かにゃいけん」と言う山さんに、酒の代わりに豆乳を注いでもらって店を出た。

晴れ渡った朝十時の光が、目にまぶしい。

霧の晴れた橋を戻るとき、町営グラウンドから二つのゲイラカイトが競い合うようにぐんぐん上がっていった。

手元は見えないが、どこかの父子かもしれない。今日はこどもの日だ。

川下から強い風が吹く。町じゅうのこいのぼりが一斉に泳ぎだし、天頂についた矢車がカラカラカラと音を立てる。

ゲイラカイトの血走った眼のイラストが、怒っているようにも、必死にもがいているようにも見える。その上を、生命保険会社の社名が書かれた気球がゆったり漂っている。

フミャアキは夜通しでかなり深酒したようで、ジグザクに歩いていた。

豆乳の一升瓶をぼくに渡しながら言う。

「タカシロー、そとづらじゃ。とにかく、そとづらを良くしろ」

「そとづら？」

「花札は三人勝負じゃ。自分以外は二人しかおらん。そとづらのええ人と、そとづらの悪い人。どっちを助けようと思う?」

強風にあおられて二つのゲイラカイトが急接近する。

「考えるのが面倒になったり、頭が回らんようになったりしたとき、人は、そとづらのええほうを助けるもんよ。同時に二人が溺れたら、一人乗りの救助ボートには、そとづらのええほうが乗れるんよ」

凧糸が絡まり合ったゲイラカイトが、辺りにバタバタと音を響かせて降下を始める。勢いよく昇ったぶん、落ち始めるとぐんぐん落ちる。

「タカシロー、内面を充実させてもしょうがない。外面を充実させろ。この世は、そとづらが良けりゃ、なんとかなる」

ゲイラカイトは、グラウンドの国旗掲揚のポールに巻きついて止まる。

「わしはものを深く考えとらんように見えるじゃろ。それも作戦のうちよ。うまいことやってやろうと企んどるのが透けて見えるやつには、かわいげがない。誰も助けてくれん」

風は止んで、空には生命保険の気球だけが浮かんでいる。

「どんなそとづらが自分に合っとるか、それを見つけるのが人生じゃ」

家に着いた。トラックを鋭角に左折させるように、フミャアキはいったん大きく外に歩き出して半円の弧を描いてから、店に入る。

ビートルズが流れる。店の電気は消えているが、フミャアキが帰ってきたらわかるようにチャイムだけは付いている。

こないだテルくんのお兄ちゃんに、レット・イット・ビーは「ありのままに」という意味だと聞いた。

「おかえりー」

奥からチャコさんとユキの声がする。

昨夜から「夏の大三角形」という一五〇〇ピースのジグソーパズルに挑戦していた。青黒い背景に白い点々があるだけという、かなり高難度のパズルだ。二人はちょうど全ピースを、上下が凸、左右が凹の定形と、それ以外に分け終えたところだった。

ぼくがチャコさんに豆乳の一升瓶を渡すと、フミャアキのいびきが聞こえ始める。

小瓶に移し替えて冷蔵庫に入れ、それでも余った豆乳をグラスに注いでもらう。

ぼくは、一対三で豆乳を牛乳で割って、一気に飲み干した。

＊

立夏を過ぎると一気に春が極まり、夏の気配が押し寄せてきた。

ひとりでいつもの朝食を済ませ、家の中をうろうろしている。

フミャアキとチャコさんの会話で目が覚める。まだ外は暗い。朝の五時だ。フミャアキは

「ええ？　七時に出るんでしょ？　もうちょっと寝たら」

「早うせい」

「もう出るで」

「ちょっと待ってよ」

毎月第二日曜日は、広島市内に買い出しに行く日だ。買い出しといっても食料ではない。忙しい近所の農家のために下着やタオルなどを買ってくるのだ。デコトラ時代から続いている買物代行業だ。

それは月に一度の、家族四人のドライブでもある。自家用車が別にあるわけではないので、店名の書かれた汚れたハイエースで出かける。フミャアキは、よくドラマで見る、日曜のマイホームパパのような洗車の習慣がない。キズがついても凹んでも修理もしない。

「なおさないの？」と聞くと、「汚れやキズも車の歴史じゃ」と答えるばかりで、そのたびにぼくは頭や鼻の古傷がうずく。

車体に茶色くはねた泥汚れが重なって固まり、苔がはえ、春になって雑草が芽吹いてきている。

六時にぼくとユキも起き出し、顔を洗ったり、ご飯を食べたりしていると六時半になる。フミャアキのイライラは頂点に達する。

「まだ誰も準備が終わっとらん。こっちは六時からエンジンをかけて待っとるのに」

「誰もわしの気持ちを理解しとらん。先に行くで」

「あと十秒で来んかったら、一人で出かけるで、十、九、八……」

「誰も聞いとらん。行くで。ほんまに出かけるで。ええな！」

長めにクラクションを鳴らして、出発してしまう。

ぼくたちはそれほど動揺せず、準備を進める。案の定、しばらくすると平気な顔で帰ってくる。

「おい、準備できたか？」

約束の時間より十五分早く出発した。

窓を開けて五月の風を車内に取り込みながら、広島市内に向かう。段々になった山あいの田んぼに、美しい緑の苗が整列してそよいでいる。

フミャアキは長距離運転は好きだが、ゆっくり立ち止まって何かをすることができない。観光スポットや、行列に並ぶような人気スポットには近寄らない。昔は、せっかくのドライブだから、学校でみんなに自慢できるような、遊園地とかゲームセンターとかマクドナルドに行ってみたいと訴えたものだが、最近はそんな「一般的なドライブ」は、あきらめている。天然迷彩柄のハイエースは、広島駅正面の大きな川を渡り、的場町の衣類問屋街に入り、「メリヤス野村」という馴染みの一軒の前に停まる。

フミャアキが誰より早く降りて、真っ先に店に入っていく。

「メリヤスさん、こんちわー！」

フミャアキが、メリヤスさんと呼ぶから、最近までてっきり社長の名前だと信じ込んでいたが、機械編みの下着や靴下などのことをメリヤスと言うらしい。フミャアキが広島の運送会社に勤めていた頃からの古い知り合いだ。

メリヤスさんは、日曜定休にもかかわらず、第二日曜日の午前中は必ず店を開けて待っていてくれる。

「おおフミャアキ。まだ生きとったか、わっはっはっ」

メリヤスさんのお決まりの返答が、建物の中から聞こえてくる。チャコさんが財布を持って車から降り、ユキがあとに続く。ぼくはゆっくりと車を降り、黒いポッチを押したままドアを閉めて、店に入る。

三階建ての店舗内には、ところせましと下着の段ボール箱が積み上げられている。先月の商品をガラッと一掃して、夏の肌着だらけである。

メリヤスさんに首をコクっとしてあいさつを済ませると、ぼくは外に出た。隣りには金髪美女のポスターを外壁に貼った酒店が、朝から営業していた。店の前には台が置かれ、路上で立ち飲みする酔っぱらい客でにぎわっている。校舎の裏の、風通しの悪い日かげの臭いがする。

近くの中央競馬会の場外馬券売り場にこれから向かう、耳に赤ペンをはさんで出走馬の情報新聞を持った土色の顔の男性ばかり。健康的でハツラツとした若者はいない。当たっても外れても、ここで毎週どんよりと飲むのだ。路上に住んでいるような人も交じっていた。リョウちゃんは横浜駅でこんな感じなのだろうか。ぼくは親指を中に入れて両手をぎゅっと握る。嗅ぎ慣れた匂いがする。タバコを吸ってワンカップを飲んだ人の吐く息の匂いは、フミャアキと同じだ。

酒店の向かいに、ピンク映画館がある。ショーケースに成人映画のポスターが三枚、暗いチカチカする蛍光灯に照らされている。どのポスターにも、肌の露出の多い女性の写真が数点と、女囚とかスケバンとか人妻とか女教師とかの文字が、ホラータッチな書体で書かれている。

ショーケースにもたれかかって、薄化粧をしたおじさんが、どんよりとした目で来場者を品定めするように観察している。そこは「流れ流れてたどり着いたこの世の果て」というような異世界だ。

ぼくはおじさんと目が合わないように、映画館の前を薄眼にして早足で通り過ぎる。

どこかからジャズのレコードが大音量で流れている。哀愁のある旋律に、場外馬券売り場の雄叫びと、雑居ビルの踊り場で泣いてる女の人の声が混じって、大人の現代音楽を奏でている。

その先に、紫と黄色の派手なのぼりが立った芝居小屋が見えてくる。魔界の竜宮城のようなケバケバしさで、周りから浮き上がっている。のぼりに書かれた座長の名前は聞いたこともない奇妙なものだ。

魔界の入口の当日券売り場には、また別の薄化粧をしたまゆ毛の細いおじさんがうつろに座っていて、底知れない寒気を感じる。お化け屋敷なら最高の演出だ。いま「芝居小屋に売り飛ばすよ」と脅されたら、失禁するだろう。

遠くに、朝十一時の回の入場を待つおばちゃんたちの列が見える。久しぶりに人間に会った気がして小走りで近づく。列に近づきすぎないよう距離を保ちながら、おばちゃんの群れが大騒ぎしながら芝居小屋に順番に入っていくのを見つめる。

最後の一人がブラックホールに吸い込まれるのを見とどけると、再び現実世界に引き戻された。

ピンク映画館の前を通らないように迂回してメリヤス野村まで戻ると、フミャアキもチャコさんも買い物を終えて出てきたところだった。

ぼくの姿が見えると「あとは頼んだ」と積み込み作業を引き継いで、メリヤスさんとフミャアキは、隣りの酒店に入っていく。

男女兼用の半袖やランニングの肌着、ブリーフやトランクスや靴下や足袋、ワーク用のポロシャツ（農業・畜産業・林業の人はなぜかポロシャツを着る）、白いタオルなどの段ボール箱を大量にハイエースに積み込み終わると、ぼくは助手席に、女性陣は後部座席に乗り込む。助手席の前にも目線の高さまで積み上がった下着類に囲まれて、おにぎりと唐揚げを頰張る。

ビールを片手にメリヤスさんとフミャアキが外に出てきたので、車内の三人は麦茶のコップを顔の横まで掲げて、みんな「カンパーイ」と口だけを動かした。

フミャアキがビールを一気飲みすると、帰路につく。

ラジオから、ＹＭＯの「テクノポリス」が流れてくる。こんなにクリーンな音楽なのか。現代社会を風刺するために、あえてザーザーッやキュイーンという雑音を入れたアレンジがほどこされているのだと思っていたが、そうじゃなくて、うちは山かげでラジオの電波が入りづらいだけだった。

ひゅーいひゅーいの道に差しかかる。

「ト・キ・オ」「ひゅーい」

「ト・キ・オ」「ひゅーい」

「ト・キ・オ」「ひゅーい」

最先端の巨大都市の名に、アナログなフミャアキの絶叫が重なる。車内では肌着や靴下がグルングルン回転していた。

翌週、フミャアキが酒気帯び運転で免停となった。

昼の一時過ぎにドライブインに立ち寄った警官に飲酒を見られ、パーキングから国道に出たところで捕まったらしい。

しかし、月一でメリヤス野村に行く予定は変えられない。

四名が大きな袋を持って、芸備線で広島に行くことになった。列車での家族旅行は初めてで、ぼくとユキは、トンネルに入ると代わる代わる窓から顔を出して声を響かせて遊んだ。家族で笑い合うのは何年かぶりだ。

弁当を食べ、お菓子を食べ、ジュースを飲み、まもなく広島駅に着くときに、フミャアキが言った。

「広島から一番近い無人駅、安芸矢口から乗ったことにするけ」

「あきやぐち？」

「おう、わしがうまいことやるけ、何を聞かれても、黙っとれ」

広島駅の端の9番ホームに列車が到着した。階段を上がると、駅ビルにそのまま抜けられる小さな改札口がある。駅員が一人しかいないのに、人通りが多く、たいへん混雑している。

最初にフミャアキが改札を抜ける。

「家族全員、安芸矢口で乗りました」

年輩の駅員に説明して、「安芸矢口→広島」の四人分の五百七十円の運賃を置いて、通り抜ける。

続いてチャコさんが言う。

「わたしも安芸矢口から乗りました」

無事に改札を通り過ぎたので、ユキも真似をする。

「わたしも安芸矢口から乗りました」

最後にぼくも同じフレーズをくり返す。

「ぼくも安芸矢口から乗り……」

言い終わる寸前に、駅員がぼくの体を手で制した。

「ちょっとおかしいね」

近くでこちらを見ているフミャアキに、駅員が声をかける。

「住所どこ？　免許見せて」

フミャアキはすばやく一八〇度ターンして、駅ビルの下りエスカレーターをかけ降りる。駅員はあわてて警笛を鳴らし、改札を飛び出して追いかけていく。ぼくもエスカレーターに行こうとするが、チャコさんに腕を強く引っ張られた。

警笛を聞いて、買物客が集まってきた。改札口を出ようとする客が行列している。

「いま逃げてったの、君のお父さん？」

一階から走ってのぼってきた別の若い駅員がぼくに聞いた。ぼくはすぐには答えず、少し考えて、ゆっくり首をタテに振る。

「中で待っとってね」

いったん出た改札を、三人はまたホームのほうに戻らされた。行列の後ろの客が、背伸びをして見ている。

「ただいまこちらの改札口は閉じております。一階の改札にお回りください」

若い駅員がメガホンで説明する。

「なんだなんだ、キセルか？」

高齢の男性の迷惑そうな声が聞こえる。日曜日の午前中なので、子連れの家族客が多い。

「あの子たち、何か悪いことしたん?」

通りすがりの女の子が言った。都会の子の話し言葉はずいぶん早口に思える。その子の母親は、口の前に人差し指を立ててシーッというゼスチャーをして、足早に階段を降りていく。

小声でユキが聞く。

「安芸矢口から乗りましたって言わんほうが良かったん?」

チャコさんは何も答えない。カタカタと音を立てて変わる山陽本線の案内表示板をじっと見つめている。

「たかしろうくん、っていうんだ」

若い駅員がぼくに話しかける。ぼくは赤いランボルギーニ・カウンタックの写真の上に「たかしろう」と丸文字で書いてあるTシャツを着ていた。ぼくは首を斜めに傾けるだけで、何も言わなかった。

「うまいことやるけ、何を聞かれても、黙っとれ」というフミャアキの言葉を思い出す。

電車が到着するたびに、人が改札に押し寄せる。一斉にまゆをひそめてぼくらを見て、またどこかにいなくなる。ぼくらの時間だけが止まっている。

フミャアキを追っていった年輩の駅員が、肩で息をしながら一人で戻ってきた。若い駅員きた。

そのうち背の高い警官二人に前後をはさまれたフミャアキが、エスカレーターをのぼってと話しているが、ホームのアナウンスや発車音がうるさくて声が聞き取れない。

「あんた、恥ずかしくないのか」

エスカレーターを降りると両腕をつかまれ、左右から警官に責められながら、フミャアキは改札口まで戻ってきた。照れ隠しのようにニヤついて、大股のガニ股で歩いている。

「息子さんもあんな顔で見てるじゃないか」

警官とフミャアキの会話に突然自分が登場して驚く。どんな顔をしていたのだろうか。

「駅員さんにあやまれ。もう二度としませんと言え」

警官にうながされ、フミャアキは「もう二度としませーん」とふざける。そのようすを見て、チャコさんとユキはあきれたようにフンと鼻で笑い、ぼくは黙ってうつむいた。

フミャアキとチャコさんが警官に付き添われて駅長室に行くと、ぼくとユキは改札口のそばで待たされた。電線にびっしり止まったハトが、思い立ったように席替えしている。ひっきりなしに電車が到着して、たくさんの人が通り過ぎる。ぼくにはなんの音も耳に入ってこない。長い長い静寂の時間が流れる。

駅員に呼ばれ、ぼくらはようやく改札を越えて出た。フミャアキとチャコさんが戻ってきた。ユキがせきを切ったように泣きだし、チャコさんにかけ寄る。ぼくはなんも言わず、フミャアキに続いて下りエスカレーターに乗る。駅を出るのに一時間半かかった。

誰もひと言も口を利かない。いつもはハイエースで通る駅正面の橋を歩いて渡る。メリヤスさんが建物の前で待っていた。

「おおお！　何か事件に巻き込まれたかと思うた」

「事件みたいなもんよ」

フミャアキは虚しいほど明るい声だ。

「キセルして、家族で捕まっとったんよ」

「ははは、そりゃ運が悪かったのう、ははは」

笑顔がうれしかった。ぼくらの味方だ。

「二度とせんと約束して、正規の乗車券料金だけで許してもろた」

帰りは十二時五十分発の列車に乗らないと、次は三時間後だ。もうそろそろ行かないといけない。ホームまでメリヤスさんが来て、下着をたくさん詰めた袋をいくつも列車に載せるのを手伝ってくれる。降りるときには、上ちゃんがホームで荷下ろしを手伝ってくれることになっている。

列車が出発してしばらくすると、フミャアキは二本目の缶ビールを開けながら、ポケットから帰りの切符を出して、ニヤニヤしている。

広島から安芸矢口までの切符を四人分持っている。

「万が一検札が来たらこの切符を見せて、安芸矢口で途中下車して、また安芸矢口で乗ったんですって説明するんじゃ。検札が来んかったらそのまま出るだけじゃ」

フミャアキはぜんぜん懲りていない。チャコさんがあきれたように笑いだしたので、ぼくもユキも車内で大笑いした。

鮮やかな緑が一面に広がる田園地帯を、列車はスピードを上げて進む。

窓を開けると、若い稲の香りが鼻に飛び込んでくる。

もう夏が近い。線路のきしむ音が大きく車内に響いた。

「そりゃ、いけん」

ホームで待っていた上ちゃんにフミャアキが先ほどの顚末を話すと、真剣な顔でさとされた。ハイテンションだった家族四人は、一気にローテンションになった。

「キセルは、いけん」

メリヤスさんのように大笑いしてくれると予想していたので驚いた。チャコさんが言う。

「そうよね。わたしもいけんと思う」

上ちゃんは表情を崩さない。

「そもそもフミャアキちゃんが飲酒運転をするのがいけん」

「どうしたんよー」

フミャアキが取りつくろうように笑って、上ちゃんの肩に手をかける。上ちゃんはその手をふり払った。肌着の袋を投げて軽トラに積み込み、エンジンをふかしてひとりで行ってしまう。ぼくたちは、手ぶらで家まで歩きだす。

スナック白樺の前を通りかかると、人がたくさん集まっている。

「どうしたん？」

フミャアキが声をかけると、水割りのグラスを持った渡部のおっちゃんが返事をした。

「今日で、白樺が閉店するけ」

「おうおう、そうか今夜か」

「そういえばさっき上ちゃんが、組合の軽トラで通ったで」

「荷物を運ぶのを頼んだんよ」

「あいつ最近、元気がないけ。フミャアキちゃん、一緒に飲みに来てくれや」

「わかった。あとで電話してみるわ」

そう言ってフミャアキは白樺を離れた。

家に着くと玄関前に下着の袋が山積みにされている。すでに上ちゃんの姿はない。

「どうしたんかのう」

袋をぜんぶ店の中に運び入れると、フミャアキは上ちゃんの家に電話をした。

「家には帰っとらん、と」

「なんか、いつもとようすが違ったね」

小松菜を洗いながらチャコさんが心配そうに言った。

「どうしたんかのう」

フミャアキは浴室の扉の前で、服を脱いでいく。台所と居間をつなぐ穴から二人の会話が聞こえる。

「あれもかわいそうな奴よ。おやじも山の親方で、厳しい人じゃった。よう殴られてアザだらけで学校に来よった」

「上ちゃんは、勉強がようできたらしいねえ」

チャコさんと会話をしながら、フミャアキは風呂場に入っていく。

「そうそう。大学に行かせてくれって言うたら、おやじにボコボコにされて、それでも跡継ぎは嫌じゃ言うて、高校は普通科に行ってまじめに勉強しよったんよ」

チャコさんが「タカシローも一緒に入り」と急かすので、ぼくも服を脱ぐ。

フミャアキは、石鹼を巻いたナイロンタオルで体をゴシゴシ洗いながら、外のチャコさんと会話を続けている。

「それが、おやじが冬に木を切り出しよったときに、雪崩に巻き込まれて死んでしもうて」

材木を運び出すのに雪の上をすべらせるから、ひと昔前は雪深い冬に伐採が行われていたと聞いたことがある。

「息子が一人しかおらんかったけ、上ちゃんは突然跡を継ぐことになったんよ」

フミャアキは体についた石鹼を洗い流して、湯船につかった。

「おやじが手荒く使いよった人たちに、仕返しじゃと、いじめられて大変じゃったらしい」

フミャアキは十秒もしないうちに湯船を出て、体を拭き始める。

「今日は商工会の飲み会のあとに白樺に寄ってから帰るけ。もし上ちゃんから連絡あったら、白樺で待っとってくれって言うといて」

そう言いながら服を着て、だんだんと店の方向に声が遠のいていった。出かけていったらしい。ぼくはひとりでゆっくり体を洗った。

九時過ぎに表の戸を強く叩く音と、泣き叫ぶような大きな声が聞こえた。

「フミャアキおるか?」

チャコさんが出ていってカギを開ける。ぼくとユキがおそるおそる奥から店のようすをうかがうと、上ちゃんがよろけながら入ってきた。

「フミャアキ、おるか?」

ひどく酔っ払っていて呂律が回っていない。

「白樺で待っとって、って言うとったよ」

「白樺には、半年以上行っとらん」

「どうして?」

「名前は言えんが、あそこの常連に悪いのがおるんよ。工場から請け負うぶんも、だまされて取られてしもうた」

途中から上ちゃんはかすれた涙声である。

「まあ座って、まず水を飲みんさい」

「チャコさん、わしはね、国有林でも私有林でも、ブナやらなんやらの雑木林を根こそぎ切り倒してスギを植えるようなやり方は気に入らんよ。山が泣いとるんよ」

上ちゃんは顔をくしゃくしゃにしながら訴えた。

「便所貸りるわ」

家に上がり込んで、しばらくトイレにこもっていた。連続して鼻をかむ音がした。

「フミャアキにちょっと相談があったんじゃ。また来るわ」

にっこり笑って出ていった。

「よかったね」

最後の笑顔を見てチャコさんもぼくもひと安心した。ぼくはそのあと、今朝のキセル事件の疲れが出たのか、そのままうつ伏せで深い眠りにつき、朝まで起きなかった。

＊

夏は、掘りごたつの穴を完全に閉じる。

花札用の合板にゴザを巻き、畳に見せかけてフタをする。横長のちゃぶ台は、六人がけで、やぐらこたつよりひと回り小さい。い草でできた夏用の座布団に正座すると、足の甲に網目状に跡が残る。

夏休みがやってきた。今年は、お盆の混雑を避けて七月末に、東京のいとこがひとりで遊びに来るという。

銀河くんは、ぼくと同い年だ。銀河くんの父親はフミャアキの一番下の弟オサムで、広告代理店に勤務している。

巨人ファンのオサムに、「カープファンに戻るまで帰ってくるな」とフミャアキが激怒したため、ぼくはいままでオサムにも銀河くんにも会ったことがない。先日、銀河くんは西武ファンだということがわかり、「パ・リーグならいい」とフミャアキの許しが出て、一人だけ来訪が解禁されたのだ。

同い年のいとことの初対面に、ぼくはドキドキしていた。図書館で江戸の地名の本を借りてきたが、内容が一つも頭に入ってこない。

まもなく夕方の急行が着く。立ったり座ったりしていると、駅まで迎えに行ったフミャアキのハイエースが、店の前に停まる音がした。

「こんばんはー！」

屈託のない明るい声がする。都会的で洗練された美しい声だ。

表に迎えに出ると、背が高くて、濃い紺色のデニムシャツの一番上までボタンを留めた男の子が立っている。赤いジーパンと、蛍光黄色のヒモのついた緑のスポーツシューズを履いている。いかにも活発な東京の少年という雰囲気で、きっとドッジボールも着替えも早食いも得意に違いない。

「はじめまして」

引け目を感じながらあいさつをすると、銀河くんは、ぼくのことなど見ていない。

「駅員がいない。ビルがない。地下がない。信号がない。歩道橋がない。すげぇすげぇ」

黒目がちな目を大きく開いて興奮している。靴を脱いで家に上がってからも続く。

「ベッドがない。シャワーがない。トイレが水洗じゃない。電話帳が九ページしかない。すげぇすげぇ」

声を裏返らせて驚いている。ぼくは笑みを浮かべてごまかす。

「そうだね。それらがない」

夕食になった。

「銀河、せいが高いのう、身長いくつ？」

フミャアキが聞く。

「四月に一五九センチだったので、いまは一六〇センチくらいです」

「もうすぐ、抜かれてしまうのう」

「ちなみにぼくは、四月に一二九・三センチだったよ」

ぼくはドラえもんと同じ身長だったことを話のネタに、二人の会話に参加しようとするが、銀河くんの冷ややかな目を見て、口を閉じる。麦茶の氷の溶ける音がした。

「銀河は、この休みに何をしたい？」

フミャアキが質問する。

「まずカブトムシを捕りたい。どこで捕れますか、森？」

「グラウンドにいっぱい落ちとるよ。半分は死んどるけど半分は生きとる」

翌朝早く、銀河くんとフミャアキは連れ立って庭から出ていった。

物音でぼくも目が覚め、眠い目をこすりながら居間に行くと、二人が濃い朝霧のかかった赤茶けた線路を渡っていくのが庭の向こうに見えた。

線路は二つに分岐して、一方の終点は鶴田チップにつながっている。銀河くんがはしゃいだようすでそっちを指差す。口の動きに少し遅れて「あそこに大量のおがくずがある!」という声が聞こえる。

四、五年前まではウッドチップ用の貨物列車がまだ稼働していて、早朝にキーキーッと線路の擦れる音で目が覚めたものだが、いま貨物は高級木材用の夜八時過ぎの一便だけだ。

鶴田チップの線路も使われなくなり、赤茶色のサビが敷石にまで広がっている。町にたくさんあった他のチップ工場も、去年くらいから次々と廃業に追い込まれている。工場に材木を提供している上ちゃんたちにも影響が出ている。

「虫除けのライトの下に、こんなにいたよー」

銀河くんは靴底にサビの粉をたくさんつけて、意気揚々とグラウンドから帰ってきた。

「ちょっと待っとって」

フミャアキは思いついたように出ていくと、まだ営業していない川口玩具店を開けてもらい、プラスチックの大きな飼育ケースを買ってきた。中におがくずを入れ、採ってきたばかりの黒光りの集団を放ち、それを眺めながら朝食を取る。

いつの間にか、銀河くんはフミャアキの仕事にも付いていくことが決まっていた。

「銀河、何がしたい？」

「川で釣りをしたい」

「わかった。釣れる場所を知っとるけ、連れてっちゃる」

銀河くんはハイエースの助手席に座って出ていき、夕方には発泡スチロールの箱にアユをいっぱい入れて帰ってきた。

「どこにアユがいるか、すごい詳しいんだもん、びっくりした」

「ははは、そりゃ放流しとったけ」

楽しそうだ。夜になっても、フミャアキは飲みに出ていかない。

「今夜はホタルを見に行きたい」と言われたらしい。ご飯を食べ終わると二人で笑いながら出ていった。

「タカシローは、家におるか？」と聞かれたので、「うん」と答えるしかなかった。

歯磨きをしていると、二人はホタルをビニール袋に入れてしゃべりながら帰ってきた。

「ホタルはあんまりきれいな水のところにはおらんのよ。エサのニナが住んどらんけ」

「へえ、そうなんですねー、フミャアキおじちゃんは、本当なんでも知ってる、すごい」

ぼくはホタルを近くで見るのは初めてだったので、袋に顔を近づけた。

よく見る虫である。よく道端に死んでる虫だ。

二人はそのまま一緒に風呂に入っていく。

ぼくはチャコさんに聞く。

「ニナってあの貝の?」

「そうそう。泥を吐かせて砂糖醤油で煮て、うちでもよう食べるじゃないの」

ホタルと同じものを食べていると思うと悲しくなった。

翌日も銀河くんは、まるで義務であるかのように助手席に乗り込んで、「川で泳いできまーす」と揚々と出かけていった。

ぼくはチャコさんの手伝いをする。酒のつまみを小分けにした袋に入れる紙片の品名の欄に「さきいか」「カワハギ」「たこ」「貝ひも」などのはんこをひたすら押す。小さな紙の小さな欄に「さきいか」「さきいか」「さきいか」「さきいか」とはんこを押すぼくと、川で元気いっぱい泳ぐ同い年のいとこ。

いちだんと黒く日焼けして、銀河くんが帰ってきた。

帰ってくるなり、フミャアキは自分の二つのグローブのうち一つを銀河くんに渡して、店の前でキャッチボールを始める。

「銀河、他にしたいことはないか」

「星を見たいな」

銀河くんが慣れた感じで球を投げ返す。

「じゃあ今夜はキャンプ場のほうへ行ってみるか」

「そこから星が見える？」

「ああ、見えるよ」

フミャアキの球は銀河くんの胸元に正確に戻っていく。

「そのままテントで寝ようかな」

「たぶんできるよ、事務所に聞いてみようか」

「お願いします」

あんなふうに軽やかに会話ができたら、どんなにいいだろう。

銀河くんはその夜からキャンプ場に三泊して、山登り、草スキー、梨狩りを楽しんで、東京に戻っていった。

一週間後に手紙が届いた。

「フミャアキおじちゃん、夏の思い出をありがとうございました。田舎が大好きになりました。また冬休みに遊びに行きたいです。　銀河」

ぼくは一度もキャンプをしたことがない。

だってキャンプ場からちょっと歩いたところに布団があるから。

夏休みは、ひっきりなしに「林間学校」の少年少女たちがやってくる。地元の小学生は交代で、キャンプ場の掃除や片付けを手伝わされる。

ぼくも、銀河くんが東京に戻った翌日に、キャンプ場当番が回ってきた。

真っ先に、少年少女がキャンプ場の周りに放り投げた、焦げた肉やクズ野菜や残飯やお菓子などを集めて回る。「土に戻る」前に、野生動物が寄ってくるからだ。

テントを立てたあとの穴をふさぎ、テントを押さえていた石を近くに放り投げる。午後には別の都会人がやってきて、同じ場所に穴をあけ、同じ石を拾う。

「自分で見つけたと思ってるみたいだけど、実は見つけやすい場所にぼくが投げた石だよ」

いつかそう言ってやりたい。

帰ろうとして、一眼レフを持った男性に声をかけられる。

「おじさんは、東京から来た写真家なんだけどね。この麦わら帽子と虫取り網を持って、いかにも田舎の子って感じで走ってくれない？」

言われるままに山道を走る。カメラマンは首をかしげて、ぼくに聞こえるように「なんか違うんだよなー」と言った。

駐車場で、今夜からキャンプする女子中学生の集団に遭遇する。ウォークマンのイヤフォンを一つずつ耳に差し込んでバスから降りてきた二人組が、矢継ぎ早に質問してくる。

「ねえ地元の子？　ここラジオ入らないの？」

「近くに薬局ないの？」

「シャンプーもドライヤーも使えないってホント？」

「クマ出ない？」

ぼくはそれらの質問に一切答えず、山道をどんどん下っていく。

国道と旧国道をつなぐ急カーブを、紫色のネオンに照らされた派手なデコトラが曲がってくるのが見えた。

三菱ふそうの中型だ。コンテナの右側に雷神が見える。この組み合わせは間違いない。うれしいような華やいだ期待に胸をふくらませて、ぼくは坂を急いで下った。

ゆりの裏から出ると、懐かしい「波瀾万丈」の文字が見えた。色あせていたが、当時と変わらない書体だ。

木曜日なので少年野球のユニフォームに着替えていたフミャアキが、家から飛び出してくる。

「オーシャン、連絡してから来いやー」

「驚かせよう思うたんや、ガハハ」

オーシャンは笑いながら泣いている。

「だいぶ老けたのう」

「フミャアキちゃんは、そんなに変わらんのう」

そんな大きい声で話したら町じゅうにまる聞こえだ。たしかにオーシャンは頭のてっぺんが薄くなっている。

ぼくはゆりに顔を出して、声をかけた。

「オーシャンが来とるよ」

ゆり子さんも飛び出してくる。

「まあ、おなつかしい」

六年ぶりだ。オーシャンの近況は、年賀状でしか知らない。

「実家に戻りました」

「徳島の建設会社に入社しました」

「波瀾万丈号は荷物を運ばない趣味のデコトラとして生まれ変わりました」

コンテナの左右の風神と雷神の図柄は同じで、「男の大嶋水産」と書かれていた後部には、代わりに稲妻の模様が描かれている。

メガネをかけた丸顔の女性が助手席から降りて、チャコさんとあいさつを交わした。

「はじめまして、夫がお世話になっております」

「こちらこそ、夫がお世話になっております」

ぼくはオーシャンにかけ寄った。

「おい坊主、大きくなっ……思ったより、大きくなっとらんな、ガハハ」

フミャアキはぐるりと回ってトラックを眺め終わってから聞いた。

「中はどうなっとるん？」

「おお、フミャアキちゃんたち、見てくれや。キャンピングカーになっとるんやで」

オーシャンがもったいぶって後ろのドアを開ける。

「おおおおー」

ぼくたちは一斉に感嘆の声を上げる。

壁一面にベージュのビロード布が貼ってあり、床は毛足の長い紫のカーペットだ。入ってすぐ右に、流し台とポータブルのガスコンロがある。天井の中央には、簡素だけど明るいシャンデリアがあり、奥にはテレビとベッドがある。

「ちょっと、上がらして」

野球のユニフォームを着たまま、靴を脱いでフミャアキが乗り込んで、ベッドに寝転ぶ。

「ええねー、ふかふかじゃないの。ええねー」

「ええやろ。まだ一泊しかしとらんでや」

「ああ、もう少年野球に行かにゃあいけん」

あわてて走っていくフミャアキの後ろ姿に向かい、

「また来るでやー、さいならー」

オーシャンのゴツゴツした頬のくぼみに涙がたまっていた。

ぼくからも言いたいことがいっぱいある気がしたが、いざ目の前にすると何も出てこない。

「さっき見たけど、キャンプ場の駐車場、一台なら空いとったよ」

「いや、このまま米子の皆生温泉まで行こうと思てるんや」

「わき見に飲みに行くかと思ってた」

オーシャンが行くなら、ぼくも久しぶりに行こうと思ったのだ。

「また来てね」

ぼくは波瀾万丈号が見えなくなるまで見送って、家に入った。

たまらなかった。トイレにかけ込んで、こみ上げる感動を噛み締めた。

ぼくはデコトラが好きなわけじゃない。あの、三台のデコトラが好きなんだ。

少年野球から帰ってきたフミャアキが、ユニフォームを脱ぎながら言った。

「自転車を買うてきた」

「えっ？」

「いま荒木自転車へ寄ってきた。チラシで見たんじゃ。デコトラ自転車じゃ。四万九千円もした」

そう言ってフミャアキは風呂に入ってしまう。驚いていると、荒木さんから電話がかかってきた。

「自転車を組み立てたんじゃが、いつ取りに来れるかのう」

「すぐ行きます」

橋を渡り、山元豆腐店の前で左を向くと、想像以上にデカくて派手な自転車が、荒木自転車の前に停まっていた。

スピードメーター付き、六段変速ギアチェンジ付き、放射状に点滅するテールランプ、左右に流れるように点滅するウインカー、自動で出し入れできる角形ヘッドライト……同級生がみんな乗っているフラッシャー自転車の、最新モデルだ。

サドルにまたがってみる。両足の指先しか届かない。左足をかかとまでつけると、車体が傾いてこぎ出せない。補助輪付きの自転車にしか乗ったことがないから仕方ないが、力をどこに入れて良いかわからない。

飲み会に出かけていくフミャアキが顔を出した。

「どうじゃ」

ぼくはあわてて自転車を降りる。

「え、ああ、ありがとう」

フミャアキは目を細めて自転車を眺めて立ち去る。

結局ぼくは荒木さんに見送られ、最新のデコトラ自転車を押して帰った。

液晶のスピードメーターには時速四キロと表示されていた。

＊

鶴田チップが閉鎖した。

空き家も増えている。

わが家に隣接した家に住んでいた鍛冶屋のおじいさんも、大阪に引っ越した。木を伐採する道具をメンテナンスする仕事がなくなったのだ。

その空き家に、お盆あたりから誰かが住みついているという噂が立った。夜中に懐中電灯で室内を歩いているのが路地の入口から見えたという。

町内で集まって話し合ったが、夏休みに悪いことを覚えた中高生が隠れてタバコでも吸ったんだろうと話がまとまった翌朝、起きてきたトミエが言った。

「夜中に脱水機で衣類を絞っている音が聞こえた」

おじいさんが使っていた古い洗濯機が、住んでいたときと同じように野ざらしに置いてある。脱水部分は手回しで絞るタイプのため、電気が通っていなくても使えるのだ。

いちおう明日警察に届けるかと話していた矢先のこと。

「なんか、蚊取り線香の匂いがせんか」

大岡裁きを見ていたフミャアキが言った。

夕方になっても猛烈な暑さが引かず、扇風機は強のままだ。

「ううん」

ぼくはそう言ったが、念のためチャコさんに報告する。

「つけとらんよ」

チャコさんが答える。

「そうか。なんか臭いのう」

フミャアキは不満そうに引き下がるが、一時間後にまた言う。

「おいチャコさん、魚が焦げとるぞ」

「なんも焼いとらんよ」

「いや、焦げ臭いぞ」

「ほんま?」

そのときレット・イット・ビーが流れて、飼料店のおじちゃんが飛び込んできた。

「フミャアキちゃん! あんたの家の裏が焼けとる! 火事じゃ!」

ぼくはフミャアキと浴室に行き、サッシの窓を開ける。

空き家から炎が上がっている。あわててサッシを閉じる。

消防団に所属するフミャアキは飛び出していった。ぼくとユキは通りに出て、声を上げて近所の人に知らせる。トミエは二階の廊下の突き当たりにある小部屋のタンスから、和服とヘソクリを出してどこかに持っていった。

「火事じゃー、火事じゃーー」

帰宅時間と重なったため、次々通りかかる車が(といっても一分に二台くらいの割合だが)炎を見つけて停車した。後方でクラクションを鳴らす車や、野次馬の自転車や歩行者で、あたりは騒然となる。

ぼくは火事に遭遇したことに興奮して、こっそり路地を抜けて、燃えている家にひとりで近づいていく。

周りの空気を集めてゴォーッとうなるような音を響かせ、木造二階建ての家が燃えている。乾燥した木の燃えるパチパチパチパチという音に混じって、バチィーンという轟音が聞こえる。黒い煙がビニールの燃えるような匂いを撒き散らしている。まだ柱は茶色くて、黒い炭になってしまう前だから、燃え始めてそんなに時間は経っていないように思えた。

背後から静かにトミオがやってくる。ぼくの少し後ろに立って、家が燃えていくのを黙って見ている。

運良く風向きはうちの方向とは逆だ。

路地にもたくさんの火の粉が降り注いでいる。手を出して火の粉の温度を確認しようとしたとき、

「危ない!」

竹田のじいちゃんの声が聞こえた。

「離れろ!」

ぼくの体を抱き抱えて、燃える家から遠のけた。

その直後、二階のベランダ部分が炎の塊となって、さっきまでぼくがいたところに落ちた。地面を揺さぶる爆音と同時に、陶器のつぶれるような音がした。空に向かってたくさんの手を伸ばすように、炎の塊が燃え上がる。

トミオが路地を抜け、そっと表通りへ戻っていくのに気づいた。

「バカヤロウ!」

ぼくは竹田のじいちゃんに強くしがみついた。過呼吸になって息が苦しいが、何度か深く息を吸ったら楽になった。真っ黒い影のじいちゃんが、ぼくを強く抱いたまま嚙み締めるように言った。

「お兄ちゃんが、守ってくれとるけ、大丈夫じゃ」

ぼくがまだ小さいときに死んでしまった、一歳違いのマーくんのことだ。

マーくんは体が弱くて、小児ぜんそくもわずらっていて、ひっきりなしに病院通いをしていたという。

つい先日が命日だった。フミャアキもチャコさんも、普段はマーくんの話をすることはほとんどないが、命日には墓に花をたむけ、手を合わせる。毎年セミが競争して鳴く、かんかん照りの真夏日になる。

デコトラふうの仏壇の中に、遺影と位牌がある。トミオはそれを二階の自室に持ち込んで、朝から晩まで「なーむあーみだーあーあーあーあーあーあーぶー」と「だー」のあとを異常に伸ばすお経を読む。

ぼくは生まれつき健康だった。風邪をひいたマーくんとひっついて寝てもまったくうつらなかったそうだ。チャコさんが言ったことがある。

「泣き声が聞こえると思ったら、マーくんが泣いてた。マーくんの白い腕に、一本しか生えてないタカシローの歯形がついてた」

ぼくがマーくんを押しのけている写真や、ぼくのおしゃべりを笑って聞くマーくんの写真が残っている。写真を見る限り、丸顔で色白で、髪や目の色が少し茶色くて、無邪気で屈託のない笑顔の愛らしい男の子である。

あの土砂崩れのあとも、竹田のじいちゃんが言った。

「命を助けてくれたのは、マーくんじゃ」

それ以来、ぼくは兄の存在を意識するようになった。

兄とともに生きている。今回また火事場で命を救われたことで、ぼくはまたマーくんを思った。実際には二回とも、ぼくを助けたのは竹田のじいちゃんだけど、「竹田のじいちゃんが守ってくれる」よりも「マーくんが守ってくれる」のほうが信憑性がある。生きている人よりも死んでいる人のほうが、どこにいても見てくれる気がするから。

結局、近所の人たちのバケツリレーもむなしく、鍛冶屋の空き家は全焼した。焼け焦げた二階部分と屋根が地面に重なったあいだから、細くなった柱が八本、闇夜に向かって立っている。柿の木は、黒く焦げた根だけが残っていた。そこらじゅうが水浸しになり、いくつもの黒い川となった。

警察のフミャアキやチャコさんへの事情聴取が終わり、出火の原因はわからないまま、野次馬も九時半には引いた。誰もいなくなり、まるで何も起きなかったように静けさを取り戻した。

なかなか寝付けない。夜が更けると、山のほうからオオカミのような犬の遠吠えが何度も聞こえる。

三〇センチも離れていないわが家の被害は、二階の雨どいが一ヵ所熱でゆがんだだけだった。

マーくんの守りは強い。

＊

夏休みの終わりに、ぼくは少年卓球大会の地区予選に出ることになった。スキーの県大会と同様、フミャアキが調子に乗って引き受けてしまったのだ。少年野球の監督、スポーツ振興なんちゃらのなんちゃら、青少年育成スポーツなんちゃらの役員などを務めていて「誰もいないから申し込んだ」と事後報告されたのだった。

「借りてきたぞ」

おもむろに卓球台を庭に置き、ラケットとピンポン球を渡されたのが木曜日で、試合は土曜日。台があっても相手がいなければ練習できない。

卓球なんて、テレビで試合を見たことがある程度で、ラケットの持ち方すらもわかっていない。二日で試合に出られるレベルに達するはずがない。

だいいち、人目もはばからず闘志をむき出しにするオス度の高い人が苦手だ。スポーツ競技会ともなると「おまえを食ってやる」みたいな怪人ばかり集まるから、会場に行くのさえおそろしい。

フミャアキは気軽に引き受けるが、指導は一切してくれない。その日も、卓球台を借りてきたのはいいけれど、ふらふらどこかに飲みに行ってしまった。卓球台を半分に折って、ピンポン球を打ってみるが、何で何をして、どうなればどうなのか、さっぱりわからない。

テルくんのお兄ちゃんのところに聞きに行く。テルくん兄弟の部屋には、知らない洋楽のレコードがあり、フォークギターがあり、学園マンガの単行本があり、ファッション雑誌があり、スーパーカーのカードがあり、ガンダムのプラモデルがあり、ゲームウォッチがある。

家族はイスに座ってグラタンを食べるし、ぼくにとって、テルくんの家はほとんど東京だ。

それにお兄ちゃんはおっとりしていて、運動が得意じゃないから、ストレスがない。できない同士で心が通じた。

「卓球は、まずサーブを斜め反対側のエリアに入れるんじゃと思う」

「はあ」

「まず下に球を落として、はね返ってきた球を前に打ってみたら」

「わかった」

「あとはネットに引っかからんように打ち返すだけじゃろ」

「うん」

「また試合か、かわいそうに。がんばって」

教えられた通りに庭でサーブを打ってみる。対角線上に打つので、壁からはね返ってきた球は、必ず下に落ちてしまう。よし、サーブは相手のやり方を真似しよう。

壁打ちをくり返して汗だくになって、猛特訓をしたような気になって、土曜日を迎えた。

フミャアキに遠くの市立体育館まで連れていかれる。一回戦で負けるのは決まっているから、昼ごはんは持っていかない。

ジャンケンで勝ってしまい、先攻でサーブを打つことになった。試しに打つと、審判に「そのサーブは禁止」と言われて動揺した。

「あのう、正しいサーブはどのように打つのでしょうか」

「まず自分の陣地に打って、バウンドした球がネットを越えて相手の反対側の陣地に入るようにしてください」

相手選手が、あきれた目で見ている。

サーブの番がくると、すべてネットに引っかかる。相手のサーブミスで二点だけ取れて、ゲームセット。フミャアキは、楽しそうに他の指導者としゃべって笑い合っている。ひとりでポツンと体育座りしていると、声をかけてきた。

「負けたか」

笑って肩を叩きながら言う。

「参加することに意義がある」

春の陸上競技大会で一〇〇メートル走と一五〇〇メートル走に出場してビリだったときも、フミャアキは笑いながら、

「参加することに意義がある」

二〇〇メートル平泳ぎで水泳競技会に出て、ひとり壁を蹴ってスタートし、ターンができ

ずに足をついて立ち上がり、会場じゅうの人が笑ったときも、ぼくの肩を抱きながら、

「参加することに意義がある」

＊

二学期が始まってしばらくしたある日、五時間目の授業が終わるとフミャアキが学校に迎えに来た。

「市民球場に行くぞ」

何も聞かされていないけど、よくあることなので従う。フミャアキは抜け道に詳しく、ぶっ飛ばすと午後六時半に球場に着く。

ビールと焼鳥とタバコの匂いが立ち込める外野席に着くと、アンダースローの高橋直樹がまた打たれている。

フミャアキは、外野席でおなじみの酔っ払い客と、生き生きと野次を飛ばす。

「行けー！」

「下手くそー！」

「やる気あるんかー！」

高橋はカープの選手なのに。

「今日、上ちゃんどうした？」

フミャアキは仲間にそう聞かれ、さっとぼくの顔をうかがって答えた。

「死んでしもうた」

「えっ」

思わず変な声が出る。横にいた別の客が会話に入ってくる。

「どうして？」

「林業がダメになったけ、発作的にのぅ、首を、山で」

「そりゃ、かわいそうなことしたのぅ」

「奥さんと息子さんは道連れじゃなくてよかった。いま奥さんの実家に戻っとる。高橋、てめえ、やる気あんのか!?」

子供はぼくの五つ上だから中三じゃないだろうか。

「それ、ほんま？」

ぼくはフミャアキに聞く。

「ほんまよ。で、今日葬式じゃったんよ」

「なんで、すぐ教えてくれんかったん？」

「タカシローがショックを受けると思ったけ」

「なんで？」

「おい、引っ込め！　引っ込め！」

「いまこんなところで聞かされるほうがショックじゃ」

「あれ、いまの誰じゃった？」

フミャアキが反対側に座っていた常連に聞く。

「わしもわからん」

「ま、ええわ。おい、帰れ！　帰れ！」

フミャアキもお構いなしにヤジり続ける。

初めてわかった。試合を見に来ているんじゃないんだ。嫌なことを忘れたいんだ。ぼくも、上ちゃんの泣き笑いの顔を思い浮かべて、みんなに混じって声を上げる。

「行けー！　行けー！」

「帰れー！　帰れー！」

試合が終わると、市民球場から北東に一〇キロ行った国道54号沿いにある、餃子とラーメンの店「ともしび」に立ち寄った。

店の名前はネオンでふちどられ、駐車場には派手にデコレーションされたトラックが店のシンボルとして置かれている。コンテナ部分には、観音様のように描かれた八代亜紀がいる。もちろん「ともしび」という店名は、歌のタイトルから取られている。

ヒラちゃんとけいくんのお店だ。

二人は厨房に立ち、ヒラちゃんがラーメン担当で、けいくんが餃子とその他の炒め物を担当している。バターとコーンという二つの名産品を入れた「北海道ラーメン」が、長距離ドライバー中心に口コミで広がり、昼夜問わず行列ができるほど繁盛している。

やせて厚化粧のおばちゃんが、くわえタバコをしながらホールを切り盛りしているが、聞くとヒラちゃんのお母さんだという。人手不足で、実家の北九州から呼び出されて働いているのだ。

客が途切れず、会話ができない。お互いに元気な姿をチラッと確認して、一瞬ニッコリ笑い合うだけで、店を出る。

定期的に「大きくなった」と言われるためだけに顔を出す、親戚んちのようなものだ。

＊

とうとうその日がやってきた。

あんなに避けてきたのに、体調不良でリトルズのメンバーが足りなくなり、急きょ野球の試合に出場することになったのだ。

しかも相手は隣り町の少年野球チーム「ストロングボーイズ」だ。監督の息子のモトくんと、ぼくは同級生である。向こうは体格も良くて、三年生からピッチャーで四番打者で、近隣のチームの誰もが注目するホープだ。

対してぼくは、力が弱い、気が弱い、胃が弱い、圧しが弱い、プレッシャーに弱いという五弱がそろっている。

監督の息子同士なので、子供の頃は何度か一緒に遊んだが、小二のときキャッチボールもできないぼくを見て「そんなやつとは遊ばない」と言われて以来、顔を合わせていない。

今年のリトルズには、甲子園のベンチ入り人数と同じ十五名が所属している。うち三名が同日の剣道の地区大会に出場するため、十二名になったところ、キャプテンのミノルくんが高熱で寝込んだと連絡が入った。先日雨の中で練習したのが災いしたのだろう。チャコさんが「お大事に」と電話を切ると、続けざまに二名の親から欠場の電話がかかってきた。

合計六名が出場できなくなり、リトルズは九名ちょうどになった。あと一人欠けると試合ができない。

万が一の事態があるかもしれない。帰宅したフミャアキからそう伝えられたのは、試合前日の夜八時だった。非常時に備えて、ミノルくんのユニフォームを借りておくことになった。朝起きると「くもり時々雨」の天気予報は外れ、秋晴れの太陽が、逆さてるてる坊主を照らしていた。

電話が鳴る。嫌な予感がする。四年生の木村くんの親からだ。熱が出たので休みたいと言う。自分史上もっとも重々しい気分で、ユニフォームに手を通した。丈も幅もぶかぶかである。フミャアキが押入れから新品の青いグローブを出してきて、ぼくに渡す。

ハイエースに乗り込み、隣り町のグラウンドに向かう。久しぶりに見るモトくんは、横幅も大きくなっていて、うっすらチョビひげが生えている。

試合開始前に、向こうの六年生キャプテンがぼくのほうに歩いてきた。イチャモンをつけられるのかと構えたら、ジャンケンをうながしてくる。ぼくを新キャプテンだと勘違いしたらしい。

「違う、違う、このユニフォームは借りものじゃ」

次期キャプテンの呼び声の高いシンちゃんが割って入って、ジャンケンをする。ストロングボーイズが先攻、リトルズが後攻に決まった。

モトくんはピッチャーで、ぼくはライト、モトくんは四番打者で、ぼくは八番打者だ。

ストロングボーイズの野次の声は大きい。ピッチャーのシンちゃんは、くり返し「ビビっとる、イェイ、イェイ、イェイ」と野次られた。ラ、ド、レの音階で上がっていく「イェイ、イェイ、イェイ」は、シンちゃんを応援しているようにも聞こえる。

一度もボールが飛んでこないまま、バッターボックスにも立たないまま、三回表まで終了した。ぼくが野球をやったことがないことは、まだ相手チームにはバレていない。

三回裏の攻撃になり、七番打者が一球目でピッチャーゴロでアウトになると、八番のぼくの番がきた。嫌だ。バットを思い切り振ったら骨が折れるんじゃないだろうか。

苦々しい気持ちで、足を引きずるようにバッターボックスに立つ。

守備が一斉に後ろに下がる。監督の息子だから打ってくるだろうと予想して。左利きなので左のバッターボックスに立ったのも、圧力になったのかもしれない。

モトくんが「てめえ、打ったら殺す」みたいな鬼の形相でこっちを見ている。

落ち着け。三回だけ空振りすればいいのだ。ちょうどボールが来たときに振れば、きっとモトくんの球が速くて打てなかったように見える。

大柄なモトくんが、投球の構えから、ボールをつかんだ手をグローブから出す。

球がこっちに飛んでくる。グラウンドにいる全員が、ぼくを見ている。モトくんの目、フミャアキの目、モトくんのお父さんの目、シンちゃんの目……。

何分くらい経ったのだろう。

眼が覚めたとき、シンちゃんのお母さんが、やかんでぼくに水をかけていた。

「うん？　夢？」

バッターボックスに横たわっている。現実だ。夢ではない。

「死んだかと思うて、ビビったのう」

そう言いながらモトくんがマウンドに戻っていくところだ。

ボールが届く前に、気を失ってしまったのだ。

ストロングボーイズの親たちの笑い声が聞こえる。ベンチのフミャアキは、こっちを見ていない。モトくんのお父さんのほうを微笑みながらぼうっと見ている。

ぼくの記念すべき初打席は「気絶」だ。代わりにシンちゃんの二年生の弟が入って、そのまま守備もライトにつく。

ベンチの端でキャップを深くかぶる。土汚れもつかないまま出番を失ったブルーのグローブが、ぼくを責めているように思える。

その後、シンちゃんのコントロールが乱れ、ストライクを取りに行った球が打たれた。ストロングボーイズは、ゴロを後ろに逃してランニングホームランになったのをきっかけに、ライトを狙い打ちする。シンちゃんの弟は、悔し涙で顔をはらしながら、歯を食いしばって球を追いかける。ぼくの代わりに彼が犠牲になっているのだ。気絶しなければ、きっとぼくも同じ目に遭っていたはずだ。

六回裏あたりから、はずれた天気予報の尻拭いをするように、空がかき曇り、雨がポツポツ降りだした。レギュラーが半分欠けたリトルズは、ストロングボーイズに完封負けした。

「ありがとうございました！」

最後のお辞儀にだけ参加する。敵も味方も、誰とも目を合わせられない。

雨足が強くなり、ミノルくんに借りたユニフォームの肩と背中がぐっしょり濡れる。シンちゃんの弟が、最後の夏が終わった高校球児みたいに号泣している。フミャアキは彼に「よくやった。期待の大型新人よ」と声をかけて、ハイエースに乗り込む。ぼくが黙って助手席に乗ると、すぐに車はグラウンドを出た。

後ろに誰も見えなくなると、横なぐりの雨に取り囲まれた。ワイパーのインターバルが長いので、次々とフロントガラスに雨粒がひっついて流れ落ちる。

フミャアキは前を向いたままボソッと言う。

「参加することに意義がある」

もう、ぼくは何も感じない。フミャアキは帰宅すると、豪雨の中を飲みに出かけていった。ぼくはチャコさんに何が起きたか告げなかった。元々しまってあった押入れの奥に、きれいな青いグローブを戻す。

その夜カープは、後楽園でジャイアンツ相手に完封負けした。まるで今日のリトルズのようだ。おそろしい予感におびえていると、フミャアキは震えながら帰ってきた。

ブルーのグローブを押入れからガッと出すと、外のゴミ箱に叩きつける。

「もう、やらんでええ!」

ゼーゼーと肩で息をしながら、何度もゴミ箱から取り出しては、グローブを叩きつける。

しばらくすると呼吸が落ち着いて、またわき見に戻っていく。横にいたチャコさんもユキも、黙って見送る。

ぼくはすぐにでもゴミ箱からグローブを取り出して「捨てないでください。野球をやらせてください」と懇願するべきだと思うが、口も体も動かなかった。

チャコさんが言う。

「もうやらんでええんじゃと。よかった、よかった」

ぼくも「もう一生、野球をしなくていい」と太鼓判を押されたようで、安堵した。心から悲しいのと、心からほっとしたのとで、じんわりとお湯のような涙がこみ上げる。

翌日フミャアキは、ウキウキしてスキップしながら仕事から帰ってきた。

「これをもらってきた」

手にはトランペットと教則本を持っている。子供がカープの応援団に入った美容師さんが、練習用のやつを譲ってくれたそうだ。応援団の道もあるぞ、ということらしい。

本を見ながら、マウスピースを吹いてみる。

スーッスーッと息が抜けていくだけで、まったく音が鳴らなかった。

＊

台風も日本海上空に過ぎ去って、朝から雲一つ無い晴天に恵まれた。

憂うつだ。どうにかして運動会が中止にならないだろうかと夢見ていたが、ついに十月十日がきてしまった。運動会には、入学前に救急車で運ばれて以来、いい思い出がない。とくに全員参加の紅白リレー戦がおそろしい。カーブを走るのが苦手だ。遠心力で体が外側に振られないよう気にして、変な小股走法になってしまう。そのことを思い浮かべないよう、朝から気を紛らわしていた。

大玉転がし競技に出るため入場門に移動し、ゲート付近で体育座りをして、みっちょとしゃべっていたときだ。

低学年の徒競走が中断され、校庭じゅうがざわざわし始める。ちょうどぼくが座っているのと反対方向に視線が集中している。ぼくもおしゃべりをやめ、みんなの視線の先を見る。

運動会には似つかわしくない、水色のサテン風のツヤツヤしたロングドレスを着て厚化粧をした人物が、こっちに向かって歩いてくる。ドレスが日光に反射してその人物の周りをキラキラと照らす。遠くからでも、その人物が誰なのか、ぼくにはわかる。ウエーブのかかったボリュームのある黒髪のカツラをかぶったフミャアキが、女装してふらふらと校庭に乱入してきたのだ。

先生・児童・保護者・来賓の反応はさまざまで、大声で笑ったり歓声を上げたりする人もいれば、あからさまに嫌な顔をして目を背ける人もいる。

けれど、どの人もフミャアキを見たあと、必ずぼくのほうを振り返る。

「運動会に女装してきた父の姿を、息子はどんな顔をして見ているのか」を確認するために。

横のみっちょも、そのソウルシンガーみたいな髪型を見て、

「え、あの人……」

うれしそうに横目でこっちを見た。

たくさんの好奇の目に耐えられず、ぼくは立ち上がり、顔を見られないように下を向いて後ろに逃げる。

その人は、水色のドレスをはためかせながら、競技が中断されたままの校庭を縦断し、「逃

げるな」と笑いながら全速力で追いかけてくる。

会場中がどっと沸く。フミャアキは足が速いからどんどん距離が縮まる。恐怖でおしっこが出そうになる。

入場門の後ろはすぐにフェンスで行き止まりになり、フェンス沿いに右に行くと裏山が行き先をさえぎるため、左に進むしかない。

その「女」は、逃げ道がその方向にしかないと知って先回りし、校庭の端にある古い立派な桜の木の下で、とうとうぼくは捕まった。

「迎えに来たよ」

吐いた息は強烈なアルコールの匂いがした。

フミャアキは、ぼくを強く抱きしめた。まばらに生えた無精ヒゲがおでこに押し付けられる。チャコさんのとは違う化粧品の匂いだ。

胸に入れられた二つの風船が、ドレス越しにぼくの顔を覆い、鼻先と頬の出っ張った部分が当たって、キュッキュッと音がする。

瞳の奥が乾燥している感じで、涙は出てこない。

めちゃくちゃだ。何もかも、めちゃくちゃだ。

おでこが熱くなって、前頭葉の細胞のような何かが弾けた。

「うふふ、うふふ」

　フミャアキは状況にそぐわない不敵な笑みを浮かべて、校庭に戻らず、千鳥足で去っていった。

　その一部始終を見とどけると、何事もなかったように運動会は続行された。

　ジョークだと思って大笑いした人も、シビアな顔つきを作る。みんなぼくに気をつかっている。このまま運動会は平気な顔で続けなくては。

　ランチにチャコさんのところに行くが、チャコさんはフミャアキについて一切触れない。「もうすぐ一年生」として運動会に参加していたユキも、黙って巻き寿司と唐揚げを食べる。トミオとトミエは来ていない。トミオは人と交流したがらないし、トミエは「孫が一位にならんのなら、つまらん」とバスツアーで温泉旅行に出かけている。周りの人も誰も声をかけてこない。

　今夜からフミャアキと口を利かない。ぼくは固く誓った。

　しかし翌日曜日になってもフミャアキは家に帰ってこなかった。チャコさんは、行きつけの店や親しい人に連絡してみるが、どこにもいない。

　月曜になっても帰ってこない。二日間も帰ってこないとなると、捜索願いを出したほうがいいんじゃないかと話していたところ、思わぬ人から情報が届く。

ぼくが電話に出た。

「おう、タカシロー、このあいだ、店に来てくれたのに、話できず残念じゃったの」

「ヒラちゃん？」

「店に来たドライバーに聞いたんじゃけど、フミャアキちゃん、東広島のほうのドライブインの手伝いをしとるよ」

「えっ？」

「名前は、ドライブイン・モリタいうて、運ちゃんならみんな知っとる」

「モリタ？　聞いたことないね」

「けいくんがいまからすぐ行ってみるって」

「よろしくお願いします」

ひとまず生きてることが確認できて、ほっとする。一時間もしないうちに、けいくんから電話がある。

「森田さんという夫婦がやっとるドライブインなんじゃけど、旦那さんが入院することになって、奥さんひとりで切り盛りするのが大変じゃけ、手伝っとるんじゃって」

「なんで？」

「わからん。それで、森田さんの家に泊まり込んどるんよ」

チャコさんが、ぼくから受話器を奪って電話に出た。

「どういうこと？」

「フミャアキちゃんは、チャコさんと電話じゃのうて直接話したいけ、そっちに向かったよ」

ぼくたちが夕飯を終えてクイズ番組を見ていると、表の戸をガラガラッと開ける音が聞こえた。けいくんの言った通りに帰ってきた。

「ただいま」

いかにも「しおらしい態度」という演出で身をかがめて、フミャアキが居間に顔を出す。

「ただいまじゃないでしょうが」

チャコさんが珍しく怒っている。

「連絡ぐらい、しんさい」

「けいくんから聞いたと思うけど、森田さんは東広島市のほうに国道を下っていったところでドライブインをやっとって、旦那さんは元トラック運転手で前から知っとったんよ。それでいまでも付き合いがあるんよ」

フミャアキは早口で説明する。

「聞いたことないけど」

「旦那さんが脳梗塞で倒れて長期入院することになったけ、どうしても手伝ってくれと言われたけ、しょうがないじゃろ」

「なんで、アンタが行く必要があるん」

「だって、わしがおらんかったら店がつぶれるって言うけ」

「この店もつぶれるよ」

「そうじゃけど」

「そもそも、なんでそのドライブインにいたん？」

「通りかかったんよ」

「ぜんぜんルートじゃない」

「それは荷物を頼まれて近くまで持っていったんよ。そしたら懐かしいドライブインがあったけ、寄ったんよ」

「旦那さんがおらん間に、家に上がり込んで？」

「とにかく、手伝ってくれる人が見つかるまでじゃ」

またフミャアキは出ていこうとした。

「行かんでちょうだい！」

チャコさんがズボンの裾にしがみつく。

「何をするんじゃ」

チャコさんはそのまま床を引きずられる。

「タカシローからも、なんか言うて」

「ああ、でも森田さん困っとるんでしょ」

「違うんよ。困っとるけどフミャアキが行く必要はないんよ」

「ええから、離せや！」

静止を振り切って、フミャアキは扉を開けて出ていく。

「あああ」

チャコさんは泣き崩れた。そして一分くらいして口を開いた。

「わたし、その森田さんって人、知っとるんよ」

「え？　そうなん？」

「半月ぐらい前に、来たんよ、うちに」

「ほんま？」

「旦那さんと一緒に紅葉を見に来たって。そのついでに寄ったたって。ちょうど、フミャアキは、仕事でおらんかった」

「そう」

「名前は名乗らんかったけど、奥さん、肥えとって、一〇〇キロくらいあった」

「一〇〇キロ？」

「それで、絶対に、そういう関係じゃと思った」

「そういう関係って？」

「男と女の関係」

「え？　そうなん？」

驚いた。フミャアキにも、森田さんにも、チャコさんにも。

「でもきっとフミャアキは明日帰ってくるよ。歯磨きして、寝よ」

チャコさんの言う通りだった。

ぼくが学校に行ってるあいだに、フミャアキはしれっと戻ってきて、荷物を積んで仕事に出かけたという。

このままフミャアキが四時前に帰ってきて、なし崩し的に日常生活に戻るのだろう。

フミャアキと口を利かない程度のささやかな反抗なんて、なんの意味もないと思った。

ランドセルを置いて外に出る。

「ああ、バカバカしい」

ぼくは声を出した。勝手口に置いてある、新品同様のデコトラ自転車を出す。

またがると、相変わらずみっともなく、つま先立ちになる。こんなに派手な装飾の自転車にまだ一度も乗れたことがない自分が情けなかった。

左足にグッと力を入れる。

前輪が直角に曲がり、自転車が前にも後ろにも進まなくなり、右に倒れる。両ハンドルを強く握りしめていたせいで、アスファルトに肩と背中をしたたかにぶつける。ペダルのギザギザの部分が足首とこすれて血が出る。

隣家のミィが、背中の毛を逆立たせて逃げていった。

泣きたいのを我慢して起き上がり、もう一度勢いをつけてこぎだす。同じように倒れて全身を打ちつける。おなかにハンドルがくい込んで吐きそうになる。

銀河くんが、スキーの佐々木が、野球のモトくんが、テルくんのお母さんが、牧子のお父さんが、そしてフミャアキが、せせら笑う姿を想像してみる。

奥歯をかみしめて、ありったけの力を込めて右足を踏み込む。

前輪がフラついたが、ためらわず左、迷わず右、続いて左と、無我夢中で足に力を入れる。強くこげば車体が安定する。おしりはサドルから離れ、気づけば立ちこぎをしていた。

何をおそれていたのか。できるじゃないか。

五回踏み込めばゆりに着いた。七回こげばわき見に着いた。

なんて簡単なんだ。

流れるように点滅するウインカーを光らせて、右折する。フミャアキの車庫を過ぎて、踏切に差しかかる。止まったら夢から覚めてしまう気がした。ぼくは周りに誰もいないのをいいことに、一時停止をせずにかけ抜ける。保育園を左に、トミオの宿直する役場を右に見て、橋を渡る。町立病院の前の交差点まで来ると、右にウインカーを出し、国道を大きなカーブを描いて堂々と曲がる。

秋の風が、鼻先で左右に分かれていく。

どこまでも行ける。この道は、奥備後スキー場を越えて鳥取県に抜けて、日本海につながっている。ぼくは空を見上げて笑った。

よくフミャアキのデコトラで通った鋭角に曲がるT字路を右折する。グラウンドの脇を抜けて、鶴田チップの跡に来る。道ばたのチップが腐っていてタイヤがすべるが、持ち直す。もう大丈夫だ。

ぼくは自転車を運転できる。

駅の正面で、旧国道は直線になる。ぼくはギアを6に入れて、テールランプを放射状に点滅させ、角形ヘッドライトを自動で出し入れさせながら、力いっぱいペダルを踏み込む。

白樺の前、テルくんちの前、自宅の前を通り過ぎる。スピードメーターには時速三〇キロ以上と表示されている。わき見のところで右折せずに直進する。小学校の通学路だ。この先は広島市につながっている。きっと東京にも行ける。

マーくんの墓の横を走り抜ける。寺のサザンカの垣根の葉っぱに、びっしりケムシがついている。ああそうだ、こんなきれいな虫だけど、猛毒なんだ。

ぼくは声を出して笑う。「そとづら」か。

さよなら、フミャアキ。

十九歳

大学一年生の終わりの春休み。

深夜のファミレスのバイト明けにアパートに帰ると、真っ暗な部屋で電話の「留守」ボタンが赤く点滅している。ボタンを押すとチャコさんからのメッセージだった。

「タカシロー、ミカちゃんの結婚式に出るのに、フミャアキが新幹線で東京に行くけ、よろしくね。これ聞いたら電話して」

ミカちゃんは、ホームレスのお兄さんのリョウちゃんと違って、女子大生時代にミス・ユニバースみたいなコンテストで準ミスになったあとモデルをしていた。ミカちゃんの結婚相手はラグビー日本代表選手でモデルは引退するそうだ。

一方、リョウちゃんはというと、ホームレス時代に横浜駅に手製のおにぎりを持ってきてくれた女性と恋に落ちて、結婚し、定時制の高校の教師になって、子供が三人生まれていた。

この兄妹に会うというだけでなんと言っていいかわからないのに、フミャアキの世話まで。招待された時点で、薄々予想がついたが考えないようにしていた。脳の処理能力を超えている。

ぼくは7のボタンを押してメッセージを消去すると、しぶしぶ家に電話する。

「東京駅までフミャアキを迎えに行ってくれる？」

「嫌だ」と即答した。

十歳から、フミャアキとはたまにすれ違えば「おう」とか「ああ」とか言うけれど、センテンスでしゃべったことはない。口を利いていないのと同じだ。

中学生になったら、反抗期という都合のいい言葉のおかげで、フミャアキと話さなくても、一般的なティーンエイジャーの自然な態度として、なんとなく認められ、非難されなかった。

それにすでに我が家にはトミオという存在があったので、家族も無口な人間に慣れていた。

反抗期といっても、なるべく関わらないという消極的な反抗であり、フミャアキに対して声を荒らげて本音をぶつけたりしたことは一度もない。

ぼくは、二階の独房のような小部屋の一つに段ボールを敷いて、机を置き、足元に布団を敷いて寝泊まりできるようにした。そのアジトに、商工会のスタンプを集めてもらった、スピーカーが一つしかないモノラルのラジカセを持ち込んだ。

食事のとき以外は、布団の中で、松江や米子などから発信される弱い電波をかろうじて拾って、ラジオ番組をイヤホンで聴いた。アンテナを窓の外に出してみても、角度をいくら変えてみても、声は途切れ途切れで八割近くは理解できない。早くこの町を出て、ラジオがクリアに入る場所に行きたいと心から願った。

その後、広島市内の私立高校に進学することになり、ようやく町を出た。

奨学金の面接試験にあたって取り寄せた確定申告書の職業欄には、「干海産物卸売」と書いてあった。そんな職業あるのか。

所得金額欄には「九万四百円」と書いてあった。月ではなく年単位である。見ると、接待交際費がおそろしくかさんでいる。

八〇年代も後半に差しかかり、日本が好景気にわいている中、六人家族で年九万円の所得というのは、かなり心細い。ぼくは、難なく奨学金の試験をパスした。

学校の正門まで徒歩三十秒の下宿で、ひとり暮らしを始めた。

安いモノラルラジオをもう一つ買って、左右のイヤホンを違う局につないで、雑音のないラジオ暮らしを満喫した。ラジオの入る場所に来られた喜びをかみしめた。

深夜には、岩国基地の米軍用のFENと、民放のラジオをつないだ。

左耳のFENでは、マイケル・ジャクソン／マドンナ／プリンスという同い年の3名によるアメリカンポップスが全盛だった。

右耳では、長距離トラックの運転手に向けた、日野自動車と、いすゞ自動車提供の二つの演歌番組をザッピングしながら聴く。各社のトラックの形状を細部まで思い浮かべながら。

好きな曲が流れたときは、二つのラジオを同じ局に合わせてステレオ気分を楽しみ、テレビドラマですら全部ラジオで聴いた。

下宿は、腰の曲がったキミヨばあさんがひとりで切り盛りしていた。平屋の母屋と二階建ての下宿棟があって、ぼくを含めて七人の男子高校生が住んでいた。風呂なしで共同便所。ぼくは一、二年生のときは二階の奥の四畳で、三年生になると隣りの四畳半に移った。

朝と晩には、母屋の戸をガラガラと開ける音のあとに、「ごはんできたよ」というキミヨばあさんのかすれた大声が聞こえる。それを合図に、母屋の食堂に集まると、キミヨばあさんのお手製のおかずが一人一皿に盛って置いてあり、夕食は毎日、揚げ物が山盛り載っている。残すことは許されない。

白菜しか食べない夜もあったような軟弱なぼくの胃袋は、当初は油の摂りすぎで悲鳴を上げることが何度もあったが、徐々にそんな世間の男子高校生一般の食事スタイルにも慣れ、高一の一年間で身長が一二センチ、高二で五センチ伸びた。ぼくの背が低かったのは、もしかしたら油不足かもしれない。

ぼくは国家公務員になると決めていた。反面教師がそばにいたから。自由業者にはなりたくない。なるべく大きな企業に入りたい。なるべく長いものに巻かれたい。この国で、もっとも大きくて安定している企業や団体は国家だ。そうだ、ぼくは官僚になる。

というわけで、目標を東大にさだめた。

そのために、高一の終わりから東大受験用の勉強を始めた。

そして、受験をするために、ぼくは生まれて初めて上京した。

東京駅に着くと、想像をはるかに超えたテクノポリス・トキオに圧倒された。

山手線に乗ったら、座席もつり革も手すりも全部うまっていて、つかまらずに立たなければならない。電車には乗ったことがあったが、車内で立ってバランスを取るのは初めてで、加速・減速のたびに、着席したお客さんの上に転倒した。

目指すは、渋谷にある安旅館である。

車内の山手線の駅案内を見て目を疑った。あの有名な「渋谷」と「原宿」が隣り合っているなんて。盆と正月が一緒に来たようなものだ。しかも、一駅はさんでその先には、あの「新宿」があるじゃないか。

旅館に着いて参考書や問題集を部屋に置くと、ドキドキしながら、さっそく渋谷から新宿まで歩いて往復した。ぼくはこんなデコトラみたいな街に暮らすことになるのか。

入学試験をパスしなくてはいけないという事実を忘れ、翌日も、朝から晩まで渋谷と新宿を何往復もした。

私大の受験後には、山手線を歩いて一周した。東京タワーにも国会議事堂にも葛飾柴又にも足を運んだ。

そして東大の入学試験前日に、ぼくは地下鉄半蔵門線の車内で激しい腹痛に襲われた。意識が朦朧としてきたので、到着した駅のホームに急いで降りて、トイレを探しているうちに、ぼくは気を失った。

目が覚めると神保町駅の駅長室だった。救急用の簡易ベッドに、靴下を脱いでズボンのチャックをおろして横たわっていた。恥ずかしくて、早口でまくし立てた。

「救急車は呼ばないでください。よく気絶するほうなんです」

理由は予想がついた。便が詰まっているのだ。東京に来て一度も出ていない。おなかの皮がピンと張ってふくらんで、へその穴が開ききっている。

「受験生かな。明日でしょ、東大」

「はい」

「緊張しているのか」

「ええ、たぶん」

「そうか、合格したら、あいさつに来てよ」

駅員用のトイレで三十分以上踏ん張らせてもらったがダメだった。

翌日、世界史の第一問目の「ポーランドの産業革命について第一次から第三次まで比較して記述せよ」という問題を考えているうちに、再びおなかが痛くなった。

試験開始前に「途中退室は原則認められないが、体調不良のときは試験官の指示を待つように」と説明されていたので、手を挙げる。試験官に腹が痛いと伝えると、廊下に座っていた女性に声をかけ、その女性が少し年配の男性を呼んできた。

その人に付き添われてトイレに行くが、ドアの前に張り付かれて聞き耳を立てられている中で踏ん張らなくてはならず、気持ちばかり焦って結果が伴わない。

「いたたたーっ」

静まりかえった試験会場に、おなかを押さえたぼくの悲鳴が響き渡った。

結局、ぼくは別の私大に進むことになった。

広島の下宿に戻って、実家に持っていく荷物と、東京の新しいアパートに送る荷物と、ゴミとに分ける。

引っ越し当日に、フミャアキとチャコさんがやってきた。

まず東京に送る荷物をハイエースに積み込んで、配送業者に持ち込んで翌日着で送る。

東大の過去問の参考書をヒモで結びながら、チャコさんがぼくに言う。

「試験は難しかったか」

「ああ」

「フミャアキは、息子が東大に行くんじゃと自慢して回っとったよ」

合格する前から、触れて回るなよ。

最後に、実家に持って帰る荷物をハイエースに積み込むと、二人は去っていった。フミャアキとは口も利かず目も合わせなかった。

ぼくはひとり新幹線で東京に向かった。布団も毛布もカーテンも電灯もないアパートに着いて、真っ暗な中でコンビニの弁当を食べた。

湿った靴下をそのへんに投げ捨てて、コートを着たまま畳の上で寝転がった。窓の外からは工場の、キーンという金属を研磨するような音がしている。両隣りの住人の顔も知らない。あこがれの東京生活のスタートは想像していたより心細かった。

翌朝、段ボールや衣装ケースを受け取る。午後一時には、銀河くんと新宿のアルタ前で会うことになっていた。

新宿駅からアルタに行く道順を知らないので、行き慣れた渋谷駅から歩いていく。

東京人に負けないように、張り切ってコーデュロイの赤いシャツに緑色のカーディガンを着ていたぼくの前に現れた銀河くんは、角刈りでチェックのネルシャツを着ていた。いつの間にか背はぼくのほうが高くなっている。進学しないで、造園会社で働くという。

共通の話題がないので、地下の名画座で小津安二郎監督の『東京物語』を見ることにする。

華やかな東京生活を謳歌するストーリーかと思いきや、親が広島から東京にやってきて子供に冷たくされてガッカリして帰宅して死んじゃうモノクロ映画である。子供らは親の田舎っぽさを毛嫌いしている。長女を演じるのがあの杉村春子だ。つまり、父と母は杉村春子にあしらわれて東京を去る。

なんとも身につまされるというか、現実と重なるというか。座席のスプリングが硬くてお尻は痛いし、これから東京でがんばろうってときに、なんて出鼻をくじく映画なんだ。

黙って映画館を出る。鮮やかなネオンの色彩に目がくらんだ。銀河くんが「方言ってうらやましい」とぼそっと言った。

＊

東京駅まで迎えに行ってほしいというチャコさんの依頼を断りたかったのは、勝手にどこかに行って、行方不明になるのが目に見えてるからだ。

「みかんおじちゃんが、広島から一緒じゃけ」

「大丈夫かなぁ」

みかんおじちゃんこと三男のシゲルは、四人兄弟の中でフミャアキが一番仲が良い。

いかにも温暖な瀬戸内のみかん農家らしい、穏やかで明るい性格だが、「ありのままの自分を探して参ります」という達筆の置き手紙を残して全国を放浪してしまう癖があるから、余計に心配だ。

　しかし、二人が結婚式に出席することは決定しており、金曜の昼間に東京駅に迎えに出られるのが、ぼくしかいない。

　東京駅からどこも観光をしないでタクシーでホテルに直行するという条件で、ぼくはアテンドを引き受ける。

　フミヤアキにとっては、デコトラで文学座に乗り込んで以来、人生で二度目の東京だ。みかんおじに、事前に指定席を購入しとくようにチャコさんに固くお願いした。

「それと、万が一ぼくがホームに来るのが遅くなっても、絶対どこにも行かずに、じっと降りたホームで待つように言って」

　いよいよ当日。東京駅で入場券を買い、到着の十分前に、ホームの六号車の位置でスタンバイする。

　予定の新幹線が到着する。降りてこない。あれだけ事前に何度も確認してメモしてきたのに。胸がざわつく。

まだ三月で、ホームの風は頬に突き刺さるように冷たい。もしかして車内で熟睡しているのだろうか。

アナウンスが流れる。

「東京からお越しのイシトビ・タカシローさま、至急、八重洲中央南口の改札にお越しください」

何か事件に巻き込まれたか。

走って指定の改札に行くと、若い男性駅員が笑いながら会議室みたいな小部屋に通してくれた。

大きな白いパーテーションの向こうに、中年男性が二人、並んで缶ビールを持ってパイプ椅子に座っている。

ぼくが入っていくと、顔のよく似た二人が、同時にこっちを振り向き、少しずつ声をずらして言った。

「遅い!」「遅い!」

「え、時間通りだったはずだよ」

「広島駅で、早うホームに着いたけ」

「そこに停まっとる新幹線に飛び乗って、一時間早う、東京駅に着いたんじゃ」

「言われた通りに、同じ号車のところでずっと待っとったんよ」

「けど、タカシローがいっこうに来んけぇ」

「そうなんよ」

「駅員さんに言って、フミャアキちゃんと、ここで待たせてもらっとった」

「そうなんよ」

「じゃあ、行くか」

「行くか」

「お世話になりましたねー」

そんな二人の会話をしばらく黙って聞いていたぼくは、

「そんなの、わからんよ！」と大声を出した。

微笑ましく見ていた駅員たちがキョトンとして一斉にこっちを見る。

「それに到着ホームは一つじゃないけ、一つでも早い新幹線に乗ったら会えんのよ！」

ぼくは駅員たちから顔をそらし、パーテーションに向かって叫んだ。

「ここは東京なんよ！」

「わかっとるよ」

「いや、わかっとらん！」

「どうした、タカシロー」

ぼくをなだめようと伸ばしたみかんおじの手を振り払う。

背を向けたまま「ありがとうございました」と駅員に礼を言って、部屋を出て、タクシー乗り場に向かう。二人は黙って小走りで付いてくる。

行列もなく、停まっていたタクシーにすぐ乗れた。イライラしながら運転手にトランクを開けてもらい、二人の荷物を載せると、先に後部座席の奥に入って、巣鴨のホテルの住所を告げる。みかんおじがぼくの横に座り、フミャアキが前のドアを開けて助手席に乗る。

タクシーは丸の内方面に抜けて、北上していく。

「これが皇居の内堀ですよ」

観光案内は運転手に任せ、ぼくはビルに反射した東京の冬の青空を眺める。

東京の冬が好きだ。雲一つなく晴れる日が多い。

失いかけた理性を取り戻そうとして、フミャアキに対して大声を上げたのは人生で初めてじゃないだろうかと冷静に考えてみた。

ぼくはフミャアキに声を荒らげて本音をぶつけたり、ケンカしたり、そういう形で反抗心を示したことがない。いま隣りのみかんおじに人生相談したら、じゅんじゅんと諭されるだろう。果たしてそれは「ありのままの自分」なのか。今すぐに全国を放浪すべきと。

タクシーがホテルに着く。フミャアキがお金を払っているあいだに、ぼくはタクシーを降りる。

「じゃ明日一時」

「一緒に夕飯でも」

みかんおじが言っていたが聞こえないフリをして、電車でアパートに帰る。

ちょっと言い過ぎたな。明日もし機会があったらあやまろう。ぼくはそう決め、披露宴会場となるホテルに、前日の反省を生かして、一時間前の正午に行った。

すでにフミャアキとみかんおじは来ていて、ロビーでカクテルを飲んでいた。

「遅い!」「遅い!」

あんたたちが早すぎるんだよ!

また大声が出そうになるがこらえて、ああと低く返答した。

それから披露宴会場の準備が終わるまで、三人でロビーにいた。フミャアキは、みかんおじが一緒にいるときは、ぼくに対しても、「おい、このカクテル、まずいぞ、飲んでみろ」と軽口をたたくのに、みかんおじがトイレに行って二人きりになると、死んだ魚のようなうつろな目になってソファーにもたれかかり、なんにもしゃべらない。

オンとオフのはっきりしたフミャアキのやり方が、なつかしい。

ホテルの従業員が、ひっきりなしに色とりどりのカクテルを持ってくる。米と麦からできたもの以外は飲み慣れないようで、「なんじゃこりゃ。うっ……」と一口飲んでは、次々に渡してくる。

そのまま返してはホテルの従業員に悪い気がして、ぜんぶ飲み干す。ぼくはまだ十九歳だったけど、酒は飲むしタバコも吸うし、ナヨナヨした見た目のわりに酒は強いほうだった。

三十分で十杯以上カクテルを飲んで、ホールに入る。

会場は、とにかく広い。大広間だ。ぼくは、大きな会場の経験値が人より少ない。たぶん広島市民球場ってこのくらいだったように思う。

新郎側は、ラグビー関係者がほとんどである。

ステージ向かって左側は、体つきが前後左右に分厚い男性たちが何百人も集まっていて、空間を人間の身体が埋めている密度が高く、空きスペースが少ない。

それに引き換え、ステージ向かって右側は、顔が小さくて手脚の長い女性ばかりで、スペースに余裕がある。

もしここが船上だったらすぐに左に傾きそうだ。

そして、もっとも後方の一番右の端っこの丸テーブルが、新婦側の親戚一同の席である。

フミャアキが出口に一番近い席で、その左隣りがぼくの席だ。

「おお、日本酒がやっと飲める」

お祝いのマス酒にさっそく口をつけたフミャアキの向こう側に、薄緑色のサマーセーターを肩にかけて、オサムがさっそうと登場した。

「おう、タカシロー。久しぶり」

「四月以来ですね。ごぶさたしてすみません。銀河くん元気ですか？」

「あいつは、信州の山奥に行ったよ」

「え、どうして？」

「山登りが好きでね」

「へぇー」

「そこで無農薬野菜を作るんだって」

「無農薬？」

農薬を使わずに野菜を作るなんて。

「タカシローが都会に来て、銀河が田舎に行ったから差し引きゼロだな」

「ははは」

もったいなさすぎる。せっかく東京に生まれたのに。

そのうち、女性司会者が自己紹介を始め、披露宴がスタートした。電気が消えて新郎新婦がゴンドラで入場してくる。ケーキ入刀があって、お偉いさんの堅苦しいあいさつと、友人からのくだけたあいさつがあって、一通りのセレモニーが終わり、二人のなれ初めの紹介ビデオが流れて、ラガーシャツを着た集団が雄叫びを上げながら空手の型みたいなのを披露して、また友人からのふざけたあいさつが始まる。

「新郎はとにかくモテます。トライをする選手がくり返しテレビに映るから、ファンレターはほとんど新郎宛てです」

ある選手がジョークを言って会場に笑いが起きたときだ。

フミャアキが、突然立ち上がってステージに向かって叫んだ。

「結婚は取りやめじゃー！」

会場が水を打ったようにシーンとなって、スタッフも含めて全員がこっちを見た。

「そんな遊び人とは知らんかった。結婚は取りやめじゃー！」

フミャアキは一直線に新郎に向かって走りだす。

「やめろ！」

ぼくもフミャアキを追って走りだす。

運悪く、というか、運良く、ステージからもっとも遠いテーブルだ。広島市民球場でたとえると、ライト側の外野席から三塁側のベンチまでくらい離れている。

ジョークを言った選手は、もちなおして「たくさんの誘惑があったにもかかわらず、新婦のミカさんに一途の態度を決して変えませんでした。お幸せに！」という美談を披露して、話をまとめた。

だがフミャアキに、そんなものは聞こえていない。映画『八つ墓村』で山﨑努が演じた要蔵のような形相で、「取りやめじゃー！」と叫びながら会場の端から端まで縦断していく。

そのようすを、会場じゅうのみんなが冷ややかな目で苦笑しながら見ている。

小五の運動会と同じだ。あのときに比べてぼくの脚力が上がったのか、フミャアキが衰えたのかわからない。ぼくはフミャアキに追いついて羽交い締めにして、「何をするー！」と叫ぶ父をホールの外に連れ出す。

ロビーで二人きりになると、フミャアキは例のうつろな目になった。

「フミャアキ！」

「……（死んだ魚の目）」

「もうやめてくれよ！」

「……（死んだ魚の目）」

「頼むからやめてくれ、俺の親を！」

「……（死んだ魚の目）」

そのうつろな目を見ていると、心の底から憎らしくて憎らしくて、衝動が止められず、ぼくはフミャアキの右頬を左手のグーで殴ってしまった。

初めて人を殴った。

とはいっても、メガネは割れないようにしたし、跡が残るほどの強さではなかったつもりだ。けどソファーに倒れ込んだフミャアキを見て、深く反省した。

「お許しください。こんなこと、もう二度としません」

見えない誰かに許しを願う。

フミャアキは、三十秒くらい目を閉じてじっとしていた。そして、フラフラしながら立ち上がり、ホールの入口のドアに向かって歩きだす。ぼくはどうしてよいかわからず、三歩後ろくらいをとぼとぼ追う。

フミャアキは、ホールに入った途端に、まるで生き返ったようにイキイキとし始めた。

「すまん、すまん」

親戚たちにあいさつをして、にこやかにテーブルに戻り、ウイスキーの水割りを飲んでいる。ぼくはうなだれて席につき、水をちょびちょび飲む。

親戚一同が、前に座った新郎新婦にあいさつに行くとき、ほんの一瞬の隙をついて、フミャアキが司会の女性のところに走っていった。

「何しに行った？」

席に戻るとすぐに聞く。

「さっきは悪かったとお詫びに行ったんじゃ」

そう聞いて安心した。

しかしテーブルのみんなに、司会に何を言ったのか問い詰められて、どじょうすくいをやらしてくれって言ってきたと白状した。

みんなは笑っていたが、ぼくはあわててフミャアキを引っ張って司会者のところに行く。

「どじょうすくい、やるって言った人の息子です！」

「はい。あと二組ですね」

「どじょうすくい、やりません！」

「いや、もう新郎新婦にもOK取りましたから」

「どじょうすくい、やりません……」

「でも、お父さん、どじょうすくい、やる気なんじゃないですか？」

「もう笑い物になるのは懲り懲りです！」

叫んでいた。司会者が目を丸くした。昨日の駅員と同じだ。

「どじょうすくいは、辞退します！」

言い捨てて、フミャアキをロビーに連れ出す。先ほど、フミャアキを殴った場所だ。

「なんで、どじょうすくいする必要があるんだよ！」

「……（死魚の目）」

「もう、うんざりだよ！」

「……（死魚の目）」

「頼むからやめてくれ、俺の親を！」

驚いた。まさかさっきと同じセリフを言うとは思わなかった。あんなに反省したはずなのに。気が動転してしまい、また左手のグーでフミャアキの右の頬を押すようにして殴った。

フミャアキはまったく同じく三十秒くらい目を閉じてじっとしたあと、立ち上がってフラフラしながらホールに戻っていく。

ロビーにひとり残って、ああ自分は自分をコントロールできない野蛮な生き物だ、とわかったようなよくわからないようなことを考えて、さめざめ泣いた。父を殴ってしまったという事実に興奮していたのかもしれない。

配膳のホテルスタッフが、皿やグラスを下げながら白い目で見る。司会の女性が休憩になったのか、通りかかり、鼻水を垂らしているぼくをチラッと見た。きっとこの人には、頭のおかしい「どじょうすくい親子」として記憶に残るだろう。

なかなかホールに戻ることができない。

みんなに泣きはらした顔も見せたくなくて、花束贈呈でホール全体の明かりが暗くなったときに、テーブルにさっと戻り、「気分がすぐれないので先に帰る」とおじたちに伝えた。

フミャアキはいびきをかいていた。

ぼくはアパートに帰ると、スーツを脱いで、白いネクタイを外し、すぐに銭湯に行った。

心も体もけがれてしまった気がして、耳の後ろや足の指のあいだを、念入りに洗った。

三十八歳

フランス・パリに来ていた。

大学卒業後に就職した会社が、三カ月で倒産。

以来、入社する会社が次々とつぶれていくという「負のループ」から抜け出せず、定期的に池袋の職安（公共職業安定所）に通い続けて五年が経ったある日、ハローワークのホームページのトップ画面に、「本日よりフランス・ワーキングホリデー受付開始」のニュースを見つけた。

ぼくは運命みたいな何かを感じて、極細のワラをもつかむ思いで応募した。異国の地で、人生のリセットボタンを押したかった。それまで海外旅行や海外生活に興味がなかったし、パスポートも取ったことがなかった。

そして審査に通り、渡仏して、十年近い月日が経っていた。

頼まれて一回限りのつもりで引き受けたことが話題になって、MIYA（ミーヤ）さんという日本人女性と一緒に、レ・ロマネスクという音楽ユニットを結成し、奇抜な衣装で派手なメイクをしてステージで歌を披露したり、フランスのテレビに出たりイベントに出たりしていた。

家族は誰も知らないことだった。

フランスに住み始めても連絡せず、一年以上経ってからやっと国際電話をしたくらいだ。

「実は、一年以上前から、フランスに住んでる」

「あ、そう。フミャアキにも伝えとく」

チャコさんがあっさり言ったものだ。

「ガイジンが出たら困るけ」と頑なにチャコさんは国際電話をしてこない。半年に一度、ぼくから安否確認の電話を入れるだけだ。

そして、その日。

パリでオールナイトのライブ出演を終えて帰宅したぼくは、ステージ衣装のカツラを手洗いしてトントンと水分をとってから陰干しをしたあと、ヘドロみたいにベッドに倒れ込んだ。

その瞬間、なぜか、今日十一月二十六日は、フミャアキの誕生日だったと思い出した。

ガバッと起き上がって、久しぶりに実家に電話をしてみる。フミャアキの誕生日に電話するなんて、生まれて初めてだ。

フミャアキとは、ミカちゃんの結婚式以来、会話をしていない。

弱みを握られたようで、「あのときよくも殴ってくれたな」と、むし返されるのが怖かった。

国家公務員試験に落ちたときも、アルバイトしていた会社にそのまま入社したときも、その会社の社長が夜逃げしたときも、次に入った編集プロダクションが倒産したときも、転職をくり返したときも、半年間北海道で乳しぼりしたときも、練馬のアパートに空き巣が入ったときも、東京を引き払ってフランスに渡ったときも、強盗に銃を突きつけられて銀行のロビーで人質になったときも、一切伝えなかった。

悩んだり落ち込んだりしていることを知られたくない。

フミャアキの誕生日に国際電話をしたとき、フランスはまだ朝の六時、日本は午後二時だった。

いつものようにチャコさんが「はい、イシトビです」と、低いけれども自営業特有のハリのある声で受話器を取る、かと思ったら、声のようすが違う。

「はい、どちらさんでしょうか……」

「タカシローだよ。元気？　今日フミャアキの誕生日だと思って電話したよ」

「ねえ、聞いて」

「うん」

「いま病院から帰ってきた」

「うん」

「フミャアキ、肝臓がんだって。年内もたんって」

感情を隠すように最後は早口でチャコさんが言い切ると、かわいた息づかいだけが聞こえてきた。あまりに急なことで、のどが詰まった。

「もしもし？　聞こえとる？」

「末期の肝臓がん、ということ？」

「緊急入院したけ、いまから着替えを持って、日赤に戻らにゃいけん」

「お父さん、それ、知っとるん？」

口をついて出た言葉に驚いた。いままでフミャアキのことを「お父さん」なんて呼んだことは一度もない。

「ううん、まだ知らん。言うたらダメじゃ。弱い人じゃけ」

「弱い人？」

「早めに帰ってこれん？」

夜行バスに飛び乗って帰れるような場所ではない。帰るといっても、どのくらいの期間、帰ることになるのだろう。できるだけ長生きしてほしいものだけど、何カ月もあの田舎に住むのは想像できない。

パリで月末に見たいライブがあるし、十二月一日に見たいテレビ番組のオンエアがあるし、それらが全部終わってから帰りたいと、そんな都合の良いことを冷ややかに思う。

「ユキには、子連れで泊まりに来てもらった」

妹は、実家から車で一時間くらいのところで専業主婦をしながら、小四娘と小二息子を育てている。朝と夕方に車で小学校に送迎すれば、子供たちと一緒に実家に寝泊まりしてもかまわないという。

「フミャアキは、四日まで日赤に入院しとるけ、そんなに急がんでもええよ」

「そう」

「喪服を持って帰ってきて」

「わかった。二日の朝くらいにパリを発つ航空券を取るよ」

結局おまえはライブやテレビを見てから帰省するのか。後ろめたい気持ちが心をかすめるが、いままでの不義理を考えると、マシなほうだと思い直す。

「気をつけて。今年は大雪よ」

「わかった」

静かに電話を切る。

高一のときに雪で交通機関がストップして町から出られなくなったことがあり、それ以来、冬は実家に帰省していない。どんな冬だったか記憶にない。

十二月二日の早朝、ぼくは粉雪の舞うシャルル・ド・ゴール空港を出発した。

というとカッコいいが、ベージュのチェック柄のジャケットに、ベージュのハットをかぶっていたので、空港のトイレの鏡に映った姿は、まるで『男はつらいよ』の寅さんそのものだ。そういえばあの映画も、家を出た流れ者が久々に帰省するのが話のきっかけだ。

できるだけ安く帰ろうと北京経由のフライトにしたら、中国へ帰る団体客に囲まれた中央の席しか空いていなかった。

ひっきりなしに右の人からメンマの瓶が回ってくる。一片取って左の人に回せという。おちおち寝てもいられない。機内はメンマの匂いが充満していて、フミャアキの病気のことをクヨクヨ悩んでいる雰囲気ではない。

明けて三日の早朝に北京に着き、空港のベンチで三時間ほど仮眠して、広島空港へ。

三日の昼過ぎに空港に降り立つと、結晶が目で確認できるくらい大きなボタン雪が降っている。こんなに湿気を含んだ雪は、風で飛ばないから、どんどん降り積もるだろう。

空港から広島市内へバスで出て、そこからまたバスを乗り換えて一〇〇キロ行く。案の定、中国自動車道が積雪のせいで通行止めになり、途中で高速を降りて下の国道をのろのろ進む。

雪を降らす雲が低く垂れ込め、昼間なのにあたり一面が濃い灰色で暗く、すれ違う車はみんなライトを点けている。

バスのタイヤに付けられた金属のチェーンがアスファルトと擦れる音が、ジャンジャンジャンとリズミカルに車内に響く。

デコトラの助手席で寝転んで聞いていた、なつかしい音だ。セブンスターの匂いや、ヤニで汚れたカーペットの色や、高音が裏返るフミャアキの歌声が、鮮やかに思い出される。

走行コースが変更されたため、フミャアキが入院している日赤の前をバスが通ったが、停車はしないで勢いよく通り過ぎる。車がひっきりなしに出入りするため、日赤の駐車場を出たところの雪だけが茶色く汚れて溶け、車が通ると泥しぶきを上げる。

隣り町の駅前で年寄りが二人降りる頃には、すっかり日が暮れて、バスの乗客はぼくだけとなる。

街灯が少なくなった闇の中をバスはゆっくり進む。

夜の雪は黒い。うちまであと二〇キロだ。

川沿いの細い国道を行く。最終的には日本海へ流れ出るこの川で、フミャアキはアユを放流していた。

田園地帯と集落を何度か越えて、徐々に坂を登る。交通量がぐっと減ったせいか、轍（わだち）に残る雪が増えてきた。白いアイスバーンにチェーンを食い込ませ、細長い楕円形の氷を飛び散らしながらバスは進む。

外の気温がグッと下がったのか、窓が冷たくなっている。ミニ冷蔵庫に付いている冷凍庫部分のように、さわると手が窓にひっつく。

終点の一つ手前の、ぼくの生まれた病院前のバス停で降りる。途端に、くるぶしまで雪にはまり、スニーカーの中に雪が入り込む。

長靴を準備してこなかったのか。子供の頃のぼくに責められている気がした。

病院の前の交差点に、新しく信号ができている。トミオが全裸で渡ろうとした交差点だ。トミオは十二年前に直腸がんで亡くなった。最後はモルヒネ中毒になり、入浴の際にスタッフの目を盗み、直訴状を持って、川向こうの町役場へ全裸で走りだすも、国道を渡るときにつかまって病院に連れ戻されたという、あの交差点だ。

直訴状にはこう書かれていた。

「私が入院している第二病棟の本田以外の看護師はカルト宗教の信者で、私を殺そうとしている。早急に調査を依頼したい」

死ぬ直前のトミオは、にわかに饒舌になった。おそらくモルヒネの副作用だ。

看護師の本田さんに「あの世で必ず一緒になりましょう」と熱烈に告白し、亡くなる直前に顔を出したぼくの耳元で「この恥さらし」と言って、一時間後に、静かに息を引き取った。

信号は、夜間押しボタン式で、車の信号が赤く点滅していて、歩行者が渡るときだけ点滅をやめて点灯するシステムだ。

交差点を渡るとすぐ左側に町役場がある。役場からわき見までは、直線で三〇〇メートルくらい。途中で踏切を渡るが、そこに街灯はない。わき見の前のT字路に、オレンジ色の街灯が一つあるだけだ。

こんなに町は暗かったのかと唖然とする。フミャアキに連れられて出歩いていた頃は、もっと頼もしい光があると思っていた。都会のネオンの明るさを知る前だったからかもしれない。そして、町はとても小さい。こんな箱庭のようなちっぽけな町が、人生のすべてだと信じて生きていたのか。

ぼくは、喪服の入ったスーツケースを抱えて、信号の赤い明かりを頼りに進む。

ひっきりなしに降ってくるボタン雪が、赤く点滅して照らし出されるようすは、密着二十四時間みたいなドキュメント番組で、凶悪事件が発生したイメージ映像のようだ。

保育園の行き帰りに毎日通った道だから、車道の脇に用水路があるのを知っている。境目が雪で見えなくなっているから、オレンジの街灯を目指して道路の真ん中を歩く。

街灯まで来ると、わき見は閉店していた。看板もない。

もしや。おそるおそる左を見た。

ゆりも閉店していた。つま先が冷たくなる。

これ以上、町から消えたものを探して感傷に浸っていると凍えてしまう。まず靴を脱いで、温まりたい。

新雪を踏みしめると、インゲンを食べるときのようなキュッキュッという音が、空き家ばかりの町に響き渡る。

自宅前には街灯も届いておらず真っ暗で、黄緑色のテントも見えない。奥の居間から漏れてくる弱い光だけを手がかりに、重い両開きの店の扉を手探りで開ける。

「ただいま」

広島市内から四時間、パリからは丸一日ほどかかった。

頭に思い描いていたよりも年老いたチャコさんが、奥から出てくる。少し背が縮んだように思える。

「おかえり」

チャコさんの後ろに、人見知りのめいとおいが交互に隠れて笑い合っている。後ろにユキとその旦那が立って出迎えてくれた。

店の土間で、濡れたスニーカーを脱ぐ。

「そこの新聞を」

チャコさんに言われないうちに、横に置いてある正方形に切った新聞紙を、両靴の中に丸めて入れる。雪の日に帰宅すると、必ずそうするのが決まりだった。

奥に進んでいくと、居間の巨大コタツは健在だ。テレビは薄型になったが、画面が大きくなって幅を取っている。

「タカシローは、とりあえずそこに座って」

フミャアキが座っていた場所を指差す。

「えっ」

確かに他の場所には先客がいて、ぼくの座る場所はそこしかない。わが家に定位置のないさみしさを感じる。

座ってみると、天井が低い。炭の燃えていたいろり部分は埋められて、電気コタツの網が上に向けられて付いている。

ぼくは、ちょうどこの家に引っ越してきた頃のフミャアキとほぼ同い年だ。ぼくがいた場所に、おいが座っている。

明日はフミャアキが帰ってくる。フミャアキにはこの家のようすがこんな感じで見えていたのか。何を話すかはあとで考えよう。その前に、気になっていたことをチャコさんに聞いておこう。

「フミャアキは、ミカちゃんの披露宴のあと、なんか言ってなかった?」

おいの横に座ったチャコさんが答えた。

「大喜びで帰ってきたよ」

「えっ」

「タカシローと初めて一緒にお酒が飲めて、ほんまにうれしかったって」

どうして早く聞かなかったのだろう。

一緒に酒くらい飲むよ。いや、肝臓がん患者だから酒は飲めないか。

「冷(ひや)？　熱燗？」とチャコさんが聞く。

「いや酒はいらない。おなかがすいた」

「ええっ？」

何事？　というような、いぶかしむ目で見る。

「ごはん、ない？」

「炊いてないよ」

酒の代わりに米を食べるだなんて、このドラ息子、と言いだしそうな顔つきだ。

「じゃいいよ。飲むよ、お酒」

「冷で持ってくるね」

「食べるものは、何かある？」

「白菜と栗きんとん」

「えっ、白菜と栗と日本酒？」

「嫌いじゃったか」

「いや、嫌いじゃないよ。好きだよ。食べるよ」

久しぶりに帰ってきたわが子に対して、もうちょっと、なんかあるのかなと思っただけ。よく友だちが「帰省すると揚げ物づくしで太る」と愚痴っているから。

でもきっとフミャアキとチャコさんは、このこぢんまりとしたルーティンを日々くり返してきたのだろう。そんなことを考えて飲んだから早々に酔いが回り、まるで沼に沈んでいくように寝た。

翌日は、退院するフミャアキを連れて帰宅する前に、日赤の担当医と面談の予定があるので、朝八時に家を出る。

チャコさんと車庫に向かう。

ゆりの玄関のガラスにはトタン板が貼ってあって、中が見えない。

その隣りに、川口玩具店の廃屋がある。雨風にさらされて柱は腐って苔が生えている。太陽系のイラストの惑星の部分にスーパーボールがはめ込まれたシートが、色あせていくつも床に落ちている。

「川口のばあちゃんは救急車で運ばれて、そのままよ。身寄りがないけ、片付ける人がおらん」

向かいの竹田のじいちゃんちは空き地になっている。

車庫に着くと、慣れ親しんだハイエースではなくて、社用車は赤と黒のツートンカラーの小さな軽自動車に代替わりしている。

「軽で、この雪の中、行くの？」

「四つともスタッドレスのタイヤにしとるし、アイスバーンにだけ気をつければ、普段通りに運転すりゃ問題ないって、フミャアキは言うとったよ」

雪道を運転したことはない。県大会に出場して以来、スキーにも行っていない。スキーだけじゃなく、キャンプとか野球とかカブトムシとか、黒い過去を想起させる可能性のあるものを避けてきた。楽しめる自信がない。カリフラワーだけは二十六歳のとき克服して食べられるようになったけど。

「国道まで行けば、凍結防止剤がまいてあるけ」

「チャコさんは行かんの？」

「うん、家で準備しとく。伊藤先生の話、よう聞いてきて」

「わかった」

エンジンをかけようとしたら、マニュアル車である。教習所以来、運転したことがない。

背筋をピンと伸ばしたまま、フロントガラスに顔がひっつくほど前のめりになり、ハンドルを握り締め、ゆっくりクラッチを上げ、のろのろと進み始める。

ガガガ、キュルキュル、カックンカックン。

車庫から出ると右に曲がる。昨夜の道を逆に行けば、病院のバス停のところで国道に出る。貨物の踏切の手前で一時停止する。

ギアを1に戻し、ガガガ、キュルキュル、カックンカックンしながら発車して、病院前の信号まで、ようやくたどり着く。

赤信号のあいだにセーターを脱ぐ。汗だくである。ここを左折すると、あとは国道をまっすぐ行くだけだ。交差点もほとんどないし、坂道で停まりさえしなければ大丈夫。

「エンストしてもいつか必ず出発できるから」

そんな応援歌みたいなフレーズに、適当にメロディを付けて鼻唄を歌いながら運転する。

橋の上や川沿いの日陰の道など、スリップして車が落ちそうな場所には塩化カルシウムがたくさん撒いてあって、雪も溶けており、運転しやすい。

とはいえ、気をゆるめず、一度も背中をシートに付けることのないまま、日赤病院に着いた。

駐車場でも何回もエンストしながら、隣りに車のいない、空きスペースに駐車する。

受付を終えると、ぐったりとソファーに座った。

待合室は年寄りであふれかえっている。いま市内でもっとも熱い人気スポットだ。

運転することに夢中で、フミャアキと何を話すか考えていなかった。

末期の肝臓がんの父になんと声をかければいいのか。それを考えながら二〇キロを走行しようと思っていたのに。

ぼくは、長期入院した友人のお見舞いに行って「元気?」と言ってしまったことを思い出す。今日は気をつけなきゃ。

九時ちょうどに名前を呼ばれる。

担当の伊藤先生に、

「フミャアキさんから聞きましたよ。パリに住んでるそうですね」

「ああ、まあ」

そうだ。このあたりは、プライベートもさらすタイプのコミュニケーションのやり方なのだ。東京に十年、パリに十年住んでいるあいだに、田舎での他人との距離の取り方をすっかり忘れてしまっている。

「息子がフランスにおるけ、お洒落じゃろう、って自慢げに言うんですよ」

「ああ、そうですか」

「なんのお仕事なんですか」

「えーっと、音楽関係です」

「へえ、クラシックとか？」

「いや、えーっと、打ち込み、です」

「コンピューター音楽？」

「まあ、そうです」

早くこの話題を終わらせなければ。

「あのう、父は、もう治らないんでしょうか」

「年は越せませんね」

即答だ。

「ですので、入院せず、これから亡くなるまで自宅でゆっくりと過ごしていただくのが一番良かろうと思います」

「もう治療はしないということでしょうか」

「見てください。これがフミャアキさんの肝臓です」

レントゲン写真を見せられる。

「白くなってる部分が腫瘍です」

画面に映った細胞のうち八割近くが、バックライトを受けて白く輝いている。

「第一回目の抗がん剤は投与しましたが、ここまで進んだら、正直言うと抗がん剤はあまり役に立たないです」

「そうですか……」

「お仕事を聞いたのも、どのくらい休めるのかを確認したかったんです。できるだけ、そばにいてあげてほしいなと思いまして」

「痛くはないんでしょうか」

「肝臓がんにも、いろいろタイプがあって、中には痛みがまったくないという方がいらっしゃいます。酒の飲み過ぎでがんになった人に多いんですけど」

「どう考えても、父は酒の飲み過ぎだと思います」

「我慢しているようにも見えないので、痛みはないのかな、と。なので、本人にすぐにがんだと伝えるかどうかも含めて、ご家族とよく話し合ってください」

「はい」

「抗がん剤が効いて良くなる可能性もゼロではないので、もし三週間生きられたら、第二回目の抗がん剤を投与して通院しながらようすを見ることもできます」

「はい」

「二回目以降の抗がん剤はやめて、ゆっくり天寿をまっとうされる道を選ばれても、たとえどのような結論を出されても、サポートしていくので安心してください」

「息子が決めますとおっしゃってました」

「はい」

「お母さんに言ったら、わたしは決められない、息子が決めますとおっしゃってました」

「そんなこと言ってました？　ははは、荷が重いですね」

苦笑いすると少し気持ちが和やかになって、診察室を出る。

これまでもチャコさんは「わたしは決められない。フミャアキに聞いて」というのが口癖だった。フミャアキが死にそうだから、急きょぼくが臨時の家長になったのだ。

チャコさんに電話する。

絶対にフミャアキには告知するな、と言う。そして「行けるところまで抗がん剤治療を試してみる」ことになった。

果たして、フミャアキにがんだと伝えずに、酒を飲ませないように抗がん剤治療を続けさせることができるのだろうか。

病室に、フミャアキを迎えに行く。

いるはずのベッドには、誰もいない。荷物もなく、がらんとしている。

デジャヴュだ。

あわてて一階に降りていくと、予想通り、フミャアキが荷物を抱えて待合室でテレビを見ている。

「ははは」

乾いた笑い声が出る。あきれるほど変わらない、この人は。

久しぶりのフミャアキは、老けてやせて、飢えた野良犬みたいになっているけれど、元々四六キロくらいの人が四四キロくらいに減っただけなので、大して見た目は変わっていない。

「おう、どうした」

「あのう。なんか、肝臓の値が悪いって聞いて」

「それで、わざわざフランスから戻ってきたんか」

「まあ、そう」

「もう治ったけ、またフランスに行ってええよ」

「いや、ちょっと、長期で休み取ったけ、しばらく日本におるよ」

「そうか」

「そうよ」

「……」

十五年以上ぶりの会話は、あっけなく終わった。

ぼくは会計窓口で精算を済ませる。

処方箋を持って薬局に行くと、フミャアキは薬剤師さんにスキップを見せている。

「もう、すっかり元気になったで。こんなに脚が上がる」

「よかったですね」

「今日からやっと酒が飲める」

「そうだね、うれしいねー」

適当なことを言わないでほしい。

このままだと「がんなんだから酒は飲めないよ」とか「がんなんだからおとなしくして」とか、つい言ってしまいそうでおそろしい。

薬剤師さんが、九種類ある飲み薬の説明をしてくれているあいだにも、

「ハイ、ハイ、ハイ、ハイ、わかりましたー」

「ああ、ああ、ああ、ああ、わかりましたー」

とフミャアキはくり返していて、なんの説明も耳に入っていない。

強い口調で注意してしまいそうになるが、無理に口角を上げ、引きつった笑顔でフミャアキを見つめてなんとかごまかす。

挙げ句の果てにフミャアキは、

「もう治ったんじゃ、薬なんか飲まん！」

と吐き捨てるように言って、キーを奪い取ると、駐車場に行ってしまった。

めまいがする。これは前途多難だ。

それぞれの薬の飲み方や副作用などのレクチャーを受け直して、車に行くと、フミャアキはシートベルトをして助手席にちょこんと座っている。

「早うせい、早うせい」

「ぼくが運転するの？」

「ああ、頼む」

サラリーマン時代にも、社長や部長が見ているところで電話しなくちゃいけないとか、そういう状況が苦手だった。教習所でも、横で教官が見ていると思うと、手が震えた。

フミャアキに緊張をさとられないようにエンジンをかけ、ゆっくり進み、平然と駐車券を入れてお金を払う。

しかし再度発車するときに、車体が前後に揺れてエンストした。

「ああっ」

チラッとフミャアキを見ると、気にするようすもなく、リクライニングシートを倒して寝転び、いびきをかいている。

少年野球でバッターボックスで気絶したときもそうだ。小六の組体操でピラミッドの一番上でポーズを決める寸前に背中から落ちたときもそうだ。考えたら、誰かが期待して見てる状況で、極度に緊張して失敗したことが他にもたくさん思い当たる。

期待に応えられないかもしれない、がっかりさせたくない、うまくやらなくちゃいけないとプレッシャーに押しつぶされて、オーバーヒートしてしまうのだ。

フミャアキの死を目前にしてさえも、みっともない姿を見られないように気をつかっているのが情けなかった。

結局フミャアキは目覚めず、家に着き、車中での会話の機会はなかった。

「着いたよ」

助手席に向かって言うと、フミャアキはこっちを見ないで車を降り、蝶のように軽やかに店に入っていった。

相変わらずバックに流れるレット・イット・ビー。

せまくて細い背中が悲しい。

ぼくがフミャアキを降ろし、車を車庫に駐めてから戻ると、家の中が騒がしい。

フミャアキの声が外まで聞こえている。

「もう治ったんじゃ!」

「まだお酒はダメなんだって」

「なんで」

「まだ数値が高いんだって」

「伊藤先生に電話して聞いてみい!」

昼食にフミャアキがビールを飲むと言いだしたらしい。

「タカシロー、電話してくれるか」

「わかった」

日赤の代表番号に電話して内科の伊藤先生を呼んでもらう。保留音が鳴っているあいだに、

「すみません、よく聞こえません、電波が悪いみたいで……」

嘘の会話をしながらまた外に出る。フミャアキに聞かれたくない。

伊藤先生が出ると、

「すみません。フミャアキがどうしても酒を飲みたいと言うんです。どうすればいいでしょう」

「ここまで来たらね、お酒を取り上げるのもかわいそうですよ。薄い焼酎のお湯割りを夜に一杯だけ作って飲ませてあげたらどうでしょう」

「わかりました。それ以外は、伊藤先生から厳しく禁止されてると説明してもいいですか」

「もちろん。いつでもぼくが悪者になりますよ」

「ありがとうございます」

「何かあったら、夜中でもいいんで、気軽に電話ください」

携帯番号まで教えてくれた。

そんな、マンガみたいな、神様みたいなお医者さんって存在するんだ。

ああいう器の大きい人間になりたい。現世ではあきらめたけど、生まれ変わったらあんな器の人間になりたい。

うらやましく思いながら、フミャアキのところに戻る。

「おい、伊藤はなんて言ってた?」

いつの間にか呼び捨てになっている。

「まだ飲酒は厳禁だって」

「そんな……」

「夜に焼酎のお湯割りを一杯だけ飲んでいいって」

「くそっ、あいつ」

「文句があったらいつでも連絡して、と先生の携帯電話の番号をもらったよ」

フミャアキはおとなしくなって、リンゴを食べ始めた。

伊藤先生の言うことならなんでも聞くとチャコさんが言ってたけど、本当である。

食後に五種類の薬を飲み終えると、横になって寝始めた。すぐ寝てしまうのは、薬のせいなのか、病気のせいなのかはわからない。

フミャアキがまだ寝たか寝ないかのとき、チャコさんが、

「お葬式のとき、喪主はタカシローがやって」

と言いだしたので、

「シーッ、聞こえる」

そう制したあと、ぼくもうとうとし始めた。

朝から悲しんだり緊張したりイライラしたり感情の起伏が激しくて疲れている。

午後四時に目覚めると、大岡越前が始まっている。ぼくの原風景だ。

途中の和菓子のローカルＣＭも三十年前と同じのを放送していて、甘酸っぱい気持ちになった。

夕飯は、フミャアキの退院祝いとなった。

フミャアキが食べられる数少ない献立のうちの一つ、うなぎの蒲焼だ。

蒲焼の四分の一切れを食べ、そのあとフミャアキは、お湯に焼酎を三滴ほど垂らしただけの薄いお湯割りをうれしそうに飲んだ。まるで清涼飲料水のコマーシャルみたいに、爽やかに。あんなにうれしそうに飲むなら、まあ良いじゃないかと思う。

「ひとりでビールを飲むわけにもいかんよ」

ぼくも同じ薄い焼酎を一杯だけ飲むことにする。

「タカシローと酒が飲めてうれしかった」と言ってたわりに、とりたてて会話はなく、知らないタレントがごちそうを食べる番組を、ただ一緒に静かに見つめる。

翌日からは、フミャアキを助手席に乗せて、商売先を回った。

各店には、チャコさんから、フミャアキが肝臓がんのため今年いっぱいで商売をやめると伝えてあり、朝にももう一度、

「フミャアキは自分が肝臓がんだと知らないので言わないでくれ」

念押しの連絡をしていた。

だからどの店に行っても、みんながバレないようにお芝居をする。

「フミャアキちゃん、心配したよ、元気そうじゃね、よかったね」

誰も「がん」という単語は口に出さない。けれど、フミャアキの顔を見た途端に感極まって号泣する人もいるし、

「うちのお父さんもフミャアキちゃんと同じ肝臓、あっ」

と絶句する人もいる。

これでは、自分は肝臓がんで死期が近くて、みんなは気をつかってバレないように振る舞っているんだ、と気づくのは時間の問題だ。

最初のうちはフミャアキも、

「酒が飲めるようになったのはええけど、焼酎は三滴で、薬は九錠じゃ。薬のほうが三倍多い」

と、明るく答えるが、だんだん、とりつくろった笑顔になる。

それに病気のことは口止めできても、どの店でも、

「急に商売をやめられたら困る」と言われる。

フミャアキは驚いて、

「えっ、やめんよ。酒をやめて肝臓は治ってきとるし」と言う。

するとみんなぼくに、

「え、やめるんじゃないの？」と聞いてくる。

「えっ。母がそんなこと言ってました？　ぼくは聞いてないです。今年いっぱいでやめるわけじゃなくて、もし入院が長引いたら、やめなきゃいけなくなると言ったんじゃないですか？」

しらばくれるしかない。

次の店でも、次の店でも、その話題が出る。

「自分の病気は治る見込みがないに違いない」とフミャアキも勘づいたのだろう。

三日目ぐらいには、フミャアキも商売を今年いっぱいでやめることを受け入れていた。

ぼくも店を出るときに「長いあいだ、父がお世話になりました」と、最後のお別れのあいさつをして回っているような形となった。

みんな口々に「フミャアキちゃんは面白い人だ、楽しい人だ」と言ってくる。

もうこの人たちのあいだでは、お見送りの準備が始まったのだ。亡くなったあとに「あの人はいい人だった」と回想するために、楽しい思い出を仕入れているのだ。ぼくも急がなくては。

車が出発すると、フミャアキはお店が見えなくなるまで助手席から手を振るが、そのあと毎回グッタリして、口を半開きにしてどんよりとフロントガラスを見つめる。

これが、この人の大事にしてきた、そとづらというやつか。

「行きたい店がある。連れていってくれるか」

フミャアキが珍しく口を開いた。

「いいよ」

「ちょっと、遠くの店に行きたい」

「いいよ」

助手席のフミャアキの言うまま、ぼくは車をどんどん南下させる。広島空港に程近いところまで下りてきた。

「次のカーブを曲がったところじゃ」

フミャアキはもうシートベルトを外している。

看板が見えた。

「ドライブイン・モリタ」

この店か。

「あそこへ駐めてくれ」

店に一番近い駐車スペースにひっそりと車を駐める。

「ちょっとここで待ってて」

フミャアキはひとりでドライブインに入っていき、でっぷりと肥えた六十歳くらいの女性と一緒に出てきた。あれが森田さんか。上のまぶたも下のまぶたもはれぼったくて、土偶みたいな横一文字の目をしている。

デニム素材の大きなエプロンの裾で手を拭いている森田さんの耳元で、フミャアキが何か言った。

ノーメイクの森田さんは、ぼくをちらっと見て、声を出さずに口だけで「どうも」と軽く会釈した。ぼくもハンドルに両腕でもたれかかった姿勢のまま、首だけ前に倒してあいさつを返す。

旦那さんは中にいるのだろうか。それとも旦那さんがいないことを知ってきたのだろうか。朝、チャコさんが「早めに戻ってね」とぼくら二人を送り出したことを思い出す。

森田さんはフミャアキのほうに向き直り、何か話しているようだ。よく聞こえないので、ぼくは運転席の窓を少しだけ開ける。二人は互いに一メートルくらい離れて会話をしている。

「……これで最後じゃ」

「もう会えない？」

「たぶん」

それを聞いた森田さんが大きく体を揺らしながら泣きだす。

フミャアキは突っ立ってそのようすをただ見ているだけだ。ぼくが言うのもなんだが、ここは肩を優しく抱いたりしてあげたほうがいいんじゃないか。

二人は距離をキープしたまま、駐車場の端っこに歩いていった。

低い雲の灰色が濃くなり、いまにも雪が降りだしそう。フミャアキは強風にあおられて、立っているのもやっとだ。

森田さんの白髪まじりの頭髪が、宙を自由自在に踊り狂い、メデューサみたいだ。

そうやって木枯しの中、何もしないまま見つめ合って三分くらい経ったとき、森田さんが黙って右手をゆっくり出す。

フミャアキはその手を握り返す。

森田さんの頬から涙が流れ落ちる。

なんだか恋愛映画の哀しい別れのシーンみたいだけど、一人はハゲかけたやせっぽちのおじいさんで、一人は一〇〇キロを超えた土偶みたいなおばさんで、二人の猿芝居では微塵も心が動かない。

このまま唇を寄せ合ったりしたらどうしようと心配したが、二人は手をつないだまま「うんうんうん」と首をタテに強く振りながら、こっちに歩いてきたので安心した。

フミャアキはそのまま手を離して、助手席に乗り込むと窓を開けて言う。

「また来るけ」

森田さんが笑う。

「もう来ないんでしょ」

それを聞いて、フミャアキも照れたように笑う。

ぼくは白目になって、車を出発させた。

フミャアキは他の店のときのように身を乗り出して手を振ったりせず、シートを倒して目を閉じた。

何はともあれ、満足したのであれば良かった。

「プーッ」

フミャアキが尻をちょっと浮かしておならをする。

なんだよ。

一緒にいるのがぼくじゃなければ、「シーッ、何か聞こえる」といったん静かにさせてから音を出すとか、何かしら笑いにつなげる努力をするだろ。

これが「心を開く」ということなのか。

調子のいいことを言って笑わせるときは心を閉ざしていて、うつろな目で黙っているときが心を開いてるだなんて。わりが合わないじゃないか。

周りの人の中でだけ、フミャアキがどんどん美化されていく。

これで死んだら「伝説のヒーロー」扱いで、ぼくは悪口なんて言えないんだろう。

兄のときとおんなじで。

それよりも、ぼくは腹が減っていた。てっきりドライブインで食べるのかと思っていた。

この辺りでは一軒しかないという有名チェーンのコンビニに寄る。駐車場のスペースは広大なのに、店舗にもっとも近い白線だけがかすれている。

エンジンをかけたまま、おにぎりを買って車に戻ると、フミャアキはいびきをかいていた。

ふと「ひゅーいひゅーいの道」は確かこのあたりだと思いついた。おにぎりをかじりながら、記憶を頼りに回り道をしてみる。ことごとく思い出の地が消え去っているので、悪い予感がする。

道は残っていた。しかし舗装されて、凹凸は消えている。

なぜこんな私道のような道が？

田んぼの持ち主であろう家に、地元の著名な代議士のポスターが貼ってあるのと関係あるかもしれない。

ジャンプしない、ただの平坦な道路を通りながら、そんなことを思った。

＊

年が越せないかもと聞いたから、あわてて得意先のあいさつ回りを済ませたのはいいけれど、病状が急変するようすはない。

伊藤先生には、免疫力が下がっているからできるだけ外出しないほうがいいと言われている。

家の中で、どんよりと沈み込んだ眼差しで鎮座する人と並んで、コタツに入ってテレビを見るだけの日々。フランスに住んで世界各国でライブしたりしてたのが夢のようで、どんどん世間から取り残されていくような感覚だ。

フミャアキと父子らしい会話をしようと思っても、中学までしかこの家にいなかったし、共通の話題がない。

「みかん、食べる?」

「いらない」

「オセロ、する?」

「しない」

せっかく問いかけても否定されて終わってしまう。

日本の携帯も持っていないし、パソコンはあるが、家にWi-Fiがないから「父　息子会話」で検索することもできない。メールもできない。

生きている世界の色彩が薄まってしまった。フミャアキも、何も展開のない日常にうんざりしたようすで、このまま徐々に弱って死んでいくんだなぁとぼくがあきらめかけたとき、相方のミーヤさんが妊娠していることがわかった。

それは、ぼくとのあいだの子供で、つまりはフミャアキの孫だった。

「子供ができた」

「おう」

「八月に生まれる予定じゃけ」

「おう」

「それまで生きてください」

「おう」

あいかわらず目はうつろで表情はわからないけれど、どこかうれしそうだった。

驚いたことに、その晩フミャアキは、筑前煮のにんじんと玉ねぎとレンコンと鶏肉を食べた。しかも「酒はいらない」と言う。

詳しくはわからないけれど、何かしら長く生きようとするパワーを得たのは確かだ。

翌日は伊藤先生のところで診察だった。

「へー、抗がん剤が効いてるみたいですね。ほら腫瘍が小さくなってますよ」

レントゲンを見ながら言う。

「えっ、そうですか」

「なんでも、孫を抱きに、フランスに行くつもりらしいよ」

「えっ、そうなんですか」

アル中で末期がんの老人が、往復二十四時間以上かかるパリ旅行は無理だろうよ。

でもなんだかこの調子で行けば、そんなこともあり得るような気がした。

そしてフミャアキは、寿命と言われていた年内を生き延びた。

ぼくは、本当に八月まで生きるような気がして、いったん年明けにパリに戻ることにした。

＊

五月の検診で、生まれてくる子供は男の子だということがわかった。

心拍も安定していて健康状態も良く、よく動き回る。

ずっと頭を上にしていて、いわゆる逆子だった。看護師さんが何人がかりでいくら押してみても九十度までしか戻らず、ビョヨーンとバネのように定位置に戻ってきてしまう。

臨月に入ると、もうこの子は体の向きを変えるつもりはないだろうと言われ、予定帝王切開で産むことになり、出産日を八月頭の某日に決められた。

パリは夏のバカンスで八月に休む店が多いので、いよいよ四日後に出産を控え、七月中に乳児用品を準備してしまわなくてはと焦り始めた頃だった。

朝六時に電話が鳴った。ユキからだ。

「フミャアキが死んだ」

間に合わなかった。
いろいろ考えるのは飛行機の中にしよう。
夕方発の飛行機を手配して、日本へ向かう準備を始める。
ユキから「明日午後自宅通夜、あさって寺で告別式」とメールが来たので、通夜は間に合わないと返信する。
続いて「喪主、お願い。母」と来たので、わかったと返事。
急いで「喪主　仕事」で検索してみるが、情報が多すぎて、あきらめて飛行機に乗る。
機内で、喪主のあいさつを考えてみても何も思いつかず、かと言って映画を見る気も起こらず、音楽でも聴こうと、なんの気なしに、懐メロチャンネルに合わせてみた。
敏いとうとハッピー&ブルーの「わたし祈ってます」が流れてきた。
〽身体（からだ）に充分　注意をするのよ
　お酒もちょっぴり　ひかえめにして
　あなたは男でしょう
　強く生きなきゃだめなの
　わたしのことなど　心配しないで
　幸せになってね　わたし祈ってます

ぼくには不倫の恋の歌だとは思えなかった。水色のロングドレスで追いかけてきたフミャアキが、スローモーションでよみがえってくる。震えが止まらない。

両隣りの人が明らかに迷惑そうにしている。これでは葬儀まで体がもたない。チャンネルを、クラシックチャンネルのワーグナー特集に変えて、気を紛らわせる。

正午近くに成田に着き、二時間後に国内便に乗り継いで、夕方に広島空港に到着した。レンタカーと迷ったが、一刻も早く着きたくてタクシーに乗る。

「二万円近くかかりますよ」

行き先を告げると心配をされるが、

「かまいません。父のお通夜なのでできるだけ急いでください」と頼んだ。

タクシーの中で喪服に着替える。

空港近くの田園地帯に真っ赤な夕陽が沈んでいくのを見て、デコトラの天井の赤いカーペットを思い出す。

あなたは男でしょう

強く生きなきゃだめなの

また涙がこぼれる。

そのようすを見て、運転手さんがスッとポケットティッシュを渡してくれた。まさか、心の中ではそんな歌を口ずさんでいるとも知らずに。

家に着くと、滞りなく通夜が終わり、お寺さんが帰ったところだった。

近所の人たちが葬儀社の人と一緒に祭壇の準備を万端にして、遺体で戻ったフミャアキを迎えてくれたらしい。ごはんも炊いて、おにぎりなども全部作っておいてくれたという。

家のキッチンのようすを近所の人が知っているような田舎の濃い付き合いは、こういうときには都合がいい。

みんなが一斉に、喪主のぼくのところに来る。

「タカシローちゃん、この度はご愁傷様でした」

なんと返せばいいのかわからない。

「いえいえ、こちらこそ」

返答としては間違っているが、誰も気づくようすもなく帰っていく。

奥の仏間というか、ぼくが子供時代に家族で寝ていた和室に、みかんおじ、オサム、リョウ、ミカなど、親戚一同が集まっていた。

「銀河くんは？」

オサムに聞くと、

「いまは小笠原諸島の父島に住んでて、船で出発しても間に合わないらしい」

パリから来るよりも時間のかかる場所に住んでいるのに驚く。

六畳の部屋には、タンスと鏡台とちゃぶ台と仏壇があって、ここに両親とぼくと妹の四人が寝ていたなんて信じられない。

いまはその部屋の中央にドーンと棺桶が置かれている。

本当に死んでしまったんだな。

顔を触ってみる。冷たい。ドライアイスのせいだけど、冷たい。

使い古したグローブと紙パックの日本酒が、顔の横に置いてある。

ここに来るまでに泣きすぎたせいか、涙がもう出なかった。

火を消さないようにしながら、親戚たちと話す。口をそろえて「面白いおじちゃんだった」「いつも笑って、くよくよしてるのを見たことがない」と言う。

それはやはり、あなたが身内じゃないから、フミャアキがそとづらで付き合ってたんだと思う。あんなに無口で陰気でうつろな目をした人、そうそういない。

それに、ぼくはフミャアキが人目をはばからずに泣く姿を見た気がする。どこだったか、なぜ泣いてたかは思い出せない。

そうこうするうちに、話題はぼくのほうに移っていき、虫が嫌いだったとか、岩場を怖がったとか、みんなが、ぼくが情けなかった例を挙げ始めた。

昔はそんなことを言われると恥ずかしくて逃げだしたくなったものだけれど、いまは「そうだっけ」と聞き流せる。いつの間にかぼくも図太くなったものだ。

日本の夏の夜の湿気に体が慣れず、疲れがどっと出てきたので、寝ずの番を代わってもらい、先に寝させてもらう。

翌日、朝からお寺に行くと、来るわ来るわ、総勢三百人を超える参列者数である。人気者じゃないか。

なかなか中堅のミュージシャンでも、急に発表された平日の昼間のサプライズライブに三百人の客を呼ぶのは難しい。

祭壇に飾られた遺影は、顔だけピンボケでぼんやりしていた。首から下は遺影のテンプレートが合成され、紺のスーツにストライプのネクタイをしたフミャアキは、アカの他人に思えた。

境内に入りきらず道路にまであふれる人混みの中には、懐かしい顔ぶれもいる。

豆腐店の山さんとミノルくん、中村ゆり子さん、元鶴田チップの元若社長と、元従業員の小野さん、保育園のより子先生、小学校の担任だった加藤先生も岩崎先生も、日赤の伊藤先生もいる。そっくりさんは、おそらくメリヤスさんの息子さんだ。

オーシャンは、少ない髪を長くして後ろでしばっていて、仙人みたいだ。

波瀾万丈号は廃車にして、シルバーのハイエースに乗っていた。定年後に、徳島で建築現場の清掃業を細々とやっているらしい。

ヒラちゃんは、丸々と太っていてスキンヘッドである。口の周りを丸く囲ってひげを伸ばしていて、ホントは心優しい悪役レスラーみたいな風貌で、昔の寿司職人ふうの面影はまったくない。

けいくんは、相変わらず福々しくて、いつもおいしいものを食べている感じで唇がぬらぬらしており、金色のロレックスが半袖の腕に光っている。

いまは二人ともラーメン屋をやめて、広島市内で飲食店やバーを数店経営しているらしい。黒い二人乗りの大型ジープに賢そうな秋田犬を乗せている。八代亜紀のファンクラブにはまだ入っているという。

わき見ママは、白髪に紫のメッシュを入れたリーゼントで、黒い上下のスーツを着たようすは、老け役のタカラヅカの男役みたいだ。タバコをやめたのか歯が白くなっている。

オーシャンも、ヒラちゃんとけいくんに会うのは久しぶりみたいだ。わき見ママもゆり子さんも、三人のことを覚えていて、涙ぐみながら話している。

「フミャアキちゃんはいつも人を楽しい気持ちにさせた」

この五人だけじゃない。会場にいる人みんなが口々に言いだす。

「フミャアキちゃんみたいに優しい人はいない」

「フミャアキちゃんみたいに面倒見のいいやつはいない」

「フミャアキちゃんはすごかった」

出た。死んだそばからどんどん伝説になっていくやつだ。

葬儀社の司会の人に、礼を言われる。

「フミャアキちゃんと同じ小学校で、二学年下に当たる原田と言います。フミャアキちゃんには本当によくしてもらいました」

「父は何をしたんでしょうか」

「いや、具体的に何をしてもらったかは覚えてないんですけど、よくしてもらったことは確かです」

式が始まった。

「ただいまより石飛文明さんの告別式をとり行います」

原田さんが告げると、早くも場内からシクシクと泣き声が漏れ聞こえ始めた。

早すぎやしないか。みんなエキストラなのだろうか。

原田さんもオーディエンスの反応の良さに緊張したのか、ユキの娘からの手紙を読む際に、文中の「じいじ」をすべて「ジジイ」と読みまちがえる痛恨のミスをおかした。

ジジイへ。

ジジイ、大好き。

ピアノの発表会で客席にジジイを見つけて驚きました。

天国から見ててね、ジジイ。

ジジイのこと、一生忘れません。

もう一度言うね、ジジイ、大好き。


どう聞いても罵倒しているようにしか聞こえない。

参列者もむせび泣く準備をしているのに肩透かしをくって、場内は微妙な空気になる。

この行き場のない哀しみをどうしたらいいものか。

もしかしたら、原田さんの「本当によくしてもらいました」というのは、最高の皮肉だったのかもしれない。よくマンガやドラマで、「その節はお世話になりました」と言いながらいじめっ子に復讐するみたいな展開があるもの。

フミャアキも、さぞかしガッカリしてるだろう。

「最後に、喪主の、石飛隆志郎さまより、ごあいさつをちょうだいいたします」

しまった。何も考えていない。みんなが見ている。小学生のぼくだったらプレッシャーで気絶していたところだ。

運よくフランスでステージ慣れしていたから、なんとかしゃべれそうだ。「見られている」のではなく、こっちが「見ている」と思えばいいのだ。

「本日はお暑い中、父・文明の告別式に、このようにたくさんの人にお集まりいただき、誠にありがとうございます。

父は昨年の十一月二十六日に末期の肝臓がんだと判明しました。奇しくもその日は父の誕生日でした。

年を越せないと言われていたのに、これまで生き延びたのが奇跡のように思います。最後まで痛みもなく、亡くなる前日までお酒を飲めて、幸せな最期でした。

それもこれも、みなさまの温かいご支援ご協力のおかげです。改めて感謝いたします。

思えば、ぼくは幼い頃から『フミャアキの息子』として認識され、注目されてきました。

そして、フミャアキのことをみなさんが面白い人や楽しい人と高く評価するたびに、自分がフミャアキと比較されることをおそれ、やがてフミャアキのことをうとましく感じるようになっていきました」

何を言おうとしているのだ。

「とくに、フミャアキが、そとづらを気にして、人にいい顔をするのが嫌でした。

ぼくには、けわしい顔ばかり見せて、よそ行きのそとづらは、いつも笑顔で陽気で楽しそうでした。

あんなお父さんで、うらやましい、と言われると、落ち込みました。

フミャアキの息子としてではなく、ぼくは、ぼくとして認められたかった。

結局ぼくはこれまで、フミャアキへの対抗心で頑張ってきたのかもしれません。

そして、心の底では、父に認めてほしかった。褒めてほしかったです。

今日こんなにもたくさんの人が、父の死を弔って、涙しているのを見て、改めて父はすごい人だったんだなという思いを強くしています。

二日後にぼくも父になります。息子が生まれるのです。

ぼくは、もう少し息子にもいい顔を見せながら、フミャアキのようにみんなに愛される人間になる道を探りたいと思います。

それでは、フミャアキとともに、火葬場に行ってきます。

支離滅裂になってすみません。本日はありがとうございました」

モーゼが海を割ったように、三百人の弔問客が半分に割れて、黒塗りの平べったい霊柩車がゆっくりバックしてきた。

親戚の男性陣が棺桶を抱えて車に載せ終わると、遺影を抱えてぼくは助手席に乗り込む。

運転席のドアが開いたので、ついフミャアキが乗ってくるような気がしたが、実際に乗ってきたのは原田さんだった。

そうか、フミャアキは荷台か。

原田さんが全体重をかけてクラクションを力いっぱい押し鳴らすと、音の大きさに驚く弔問客の海が揺れて波打つ。

オーシャンやヒラちゃんが肩を揺らして泣いている。上ちゃんの奥さんと息子さんもいる。

ぼくはフミャアキの遺影を軽く前に倒して、両側に立っている一人一人に会釈させながら火葬場に向かった。

さすがに涙は涸れたかと思ったが、棺桶が台車に載って火葬炉に入っていくときには、両まぶたにたまり、頬を流れ落ちて、床に点々と跡がついた。

焼けるのを待つあいだ、ぼくは酒を飲みながら親戚たちと面白おかしく語り合う気が起こらず、ひとりで外に出た。

狂ったようにアブラゼミが鳴き競っている。

高台にある斎場からは、眼下に町を一望できる。

路線バスみたいな一両編成の列車が、駅に停車している。鶴田チップは更地になっている。

いまいる山はちょうどキャンプ場のある山と向かい合っていた。夏休みだというのに、閑散としている。駐車場に雑草がぼうぼうと生えているようすが、ここからも見て取れる。まだ視力は衰えていない。

伐採される予定で植林された杉林は、手の施しようのないほど縦横無尽に枝を伸ばし、また春には花粉を撒き散らすだろう。あんなに山肌をえぐった土砂崩れの跡も、三十年以上経って草木が生い茂り、すっかり場所がわからない。

がたんと音がした。

ふり返ると、斎場の煙突からけむりが出てきたところだ。

鮮やかな青緑色の空に向かって、銀色の細い筋が伸びていく。

父さん、どんな走馬灯が見えた？

フミャアキは黙って煙になって空に消えた。

＊

武者震いがした。

まだこの世にフミャアキはいるな、いよいよパリにも来たな。

フランスに戻る飛行機の中では、「これぞ命のリレーだ」としみじみ感慨にふけっていたけれど、実際に子供が生まれてみたら、忙しくて感傷的になっていられなかった。

とくに産院では、へその緒をハサミでカットさせられたり、ボトリと落ちたそのへその緒で転んで赤ん坊を落としそうになったり、珍事件の連続で、フミャアキのことを思い出す余裕などなかった。

自宅に戻ってから、やっと赤ちゃんのようすもわかって、ペースがつかめてきた。

息子は、寝かしつけるのに歌を口ずさみながら上下に動くのがお気に入りだ。抱っこして、童謡の動画を自動再生にして歌っていると、すっと眠りに落ちる。

そしてベッドに移動させるために深い眠りになるのを待っているあいだに、震えがきたのだ。

ぼくは目を閉じた息子を抱きかかえて、天井の隅のあたりに見せながらささやく。

「フミャアキ、こんなに元気いっぱいの男の子が生まれてきたよ」

声に出してみると、フミャアキはこの世にいないのだという現実が身にしみて、涙がとめどなく吹き出した。

あれ、いつかこれと同じ光景を見たことがある。なんの記憶だろうか。

季節は同じく夏で、暑い盛りだった。

緑色のリボンを付けた扇風機が、忙しくリボンを揺らしながら、湿った風を誰もいない場所に送っている。板張りのせまい部屋だ。

三十代の男が子供をかかえて泣いている。若い頃のフミャアキだ。いまのぼくと同じ姿勢で、子供を抱いて号泣している。

そのようすを三歳くらいのぼくは、少し離れたタンスの陰から黙って見ている。部屋にはセミの鳴き声とフミャアキのうめき声だけが響いている。

ぼくのすぐ前にチャコさんがしゃがんでいる。二人に何度も話しかけたが答えてもらえず、ぼくは拒絶された気になっていた。チャコさんがタンスの引き出しからフミャアキの白いシャツと黒いネクタイを取り出す。

葬儀の準備だ。抱かれている子は、兄だ。

マーくんはうつ伏せで昼寝をしているときにぜんそくの発作が起きて命を落とした。いま、マーくんの亡骸と一緒に病院から帰ってきたところなのだ。

ぼくが覚えているフミャアキの泣く姿はこれだったのか。

「あんなふうに父が号泣するほど愛されたい」

そのときのぼくの気持ちまで鮮明によみがえった。強い嫉妬心だった。

「かわいらしかった」「優しい子だった」「色が白くて天使のようだった」と、死後に兄が美化される度に、自分はガサツでかわいげのない子と言われたように感じた。

くやしかった。ぼくが死んでも、兄のときのように父は泣いてくれないんじゃないだろうか。ぼくにはあんなに愛される自信がなかった。

父の期待に応えられていないと感じて落ち込んだ。愛される価値がないと自分を責め、フミャアキを恨んだ。

「逆恨みしてごめん」

もう少し早く思い出していれば、フミャアキにあやまれたのに。

ああ、きっと、そのへんにいるか。

顔を上げて、はっきり声に出した。

「ぼくも父親になったよ。これからあなたのことをたくさん思い出そうと思う」

フミャアキの言動をぼくが一番理解できるんじゃないか。父と子だもの。フミャアキの記憶を追体験しながら、一緒に生きていこう。

動画再生は自動になっていて、次の曲が流れ始める。「グリーングリーン」だ。

ぼくは気を取り直して、歌詞を見ながら歌い始めた。

〽ある日　パパと二人で語り合ったさ
　この世に生きる喜び　そして　悲しみのことを

初めから歌声がかすれる。
ちょうど同じことを考えていたところだ。

その時　パパがいったさ　ぼくを胸にだき
つらく悲しい時にも　ラララ　泣くんじゃないと

フミャアキはあれ以来、泣くことをやめたのかもしれない。
ごめんなさい、ぼくはいまでも泣き虫のままだ。

ある朝　ぼくはめざめて　そして知ったさ
この世につらい悲しいことが　あるってことを

フミャアキにとって、兄の死は、つらい悲しいことだっただろう。
なのに、ぼくは、兄みたいに泣くほど愛されたいと願っていたんだ。

その朝　パパは出かけた　遠い旅路へ
二度と帰って来ないと　ララ　ぼくにもわかった

火葬されて出てきたフミャアキの骨は、細くて小さかった。箸でつかむと、あっけなく崩れ落ちた。

やがて　月日が過ぎゆき　ぼくは知るだろう
パパの言ってたことばの　ララ　ほんとの意味を

天井の隅っこを見上げて、ぼくは言った。
「参加することに意義がある」

いつかぼくもこどもと　語り合うだろう
この世に生きる喜び　そして　悲しみのことを

息子は、よくミルクを飲んでよく寝て、誰に抱かれても機嫌がよくて、昼間は元気いっぱい体を動かして、夜はぐっすり眠る赤ん坊だった。

子供の頃のぼくにそっくりじゃないか。

「参加することに意義がある」

ぼくは熟睡した息子の寝顔に向かって、そうくり返した。

体を震わせながら、何度も、何度も。

あとがき

さっきから目の前に小さな黒いクモがいる。

ぴょんぴょん跳ねて徘徊したり、天井からようすをうかがったりしている。

父が死んでからというもの、このクモが父に思えて仕方がない。

この本を書きながら、笑ったり泣いたりして、父と一緒に生きていると感じる瞬間が何度も訪れた。実際にはとっくに亡くなっているにもかかわらず。

たしかにぼくらは共存している。

彼(和名:アダンソンハエトリ)は、そもそもダニやハエや蚊を食べてくれるありがたいクモで、毒はなく、ほとんど巣を張らない。

部屋に現れたときには「ようこそ、フミャアキ」と温かく笑顔で迎え入れ、「どうぞどうぞ、うちでたっぷり召し上がっていってください」と、ベッドやクローゼットに連れていく。いまも、これを書き終えたら、そっと両手ですくい上げるつもりだ。

父の遺影を置いて手を合わせたりするのはどうしても恥ずかしくてできない。父代わりの、一センチにも満たないクモへの孝行が、ぼくの遅れてきた親孝行なのだ。万が一、ぼくが地獄に落ちたときには極楽から糸を垂らしてほしい。

レ・ロマネスクＴＯＢＩ　２０２０年　クリスマス

本書は書き下ろしです。

レ・ロマネスクTOBI（トビー）

広島県比婆郡（現在の庄原市）出身。フランスで結成された音楽ユニット「レ・ロマネスク」のメインボーカル。キッチュな楽曲を派手なメイクとコスチュームで歌い踊るパフォーマンスで徐々に人気を集め、2008年春夏パリコレでのライブをきっかけに、世界12カ国50都市以上で公演。09年フランスの人気オーディション番組に出演した動画のYouTube再生回数が、仏で1位を記録し、「フランスで最も有名な日本人」となる。「FUJI ROCK FESTIVAL'11」出演を機に日本に拠点を移し、精力的にアルバム・シングルをリリース。18年、就職した会社の連続倒産、銀行強盗に巻き込まれる、大西洋漂流など、自らの稀有な体験をまとめた書籍『レ・ロマネスクTOBIのひどい目。』（青幻舎）が話題に。「お伝と伝じろう」（NHK Eテレ）、「激レアさんを連れてきた。」「仮面ライダーセイバー」（テレビ朝日）、舞台『ウエスト・サイド・ストーリー』（19～20）、映画『生きちゃった』（石井裕也監督、20）への出演など活躍の幅を広げている。本書が初めての小説作品となる。

七面鳥 山、父、子、山

2021年3月1日初版第1刷発行

著者 レ・ロマネスクTOBI

協力 株式会社キューブ

装画複写 野村知也

編集 加藤基

発行者 孫家邦

発行所 株式会社リトルモア
〒151-0051
東京都渋谷区千駄ヶ谷3-56-6
電話 03(3401)1042
ファクス 03(3401)1052
www.littlemore.co.jp

印刷・製本所 株式会社シナノパブリッシングプレス

ISBN978-4-89815-537-0 C0093